滑稽艶笑譚

——江戸小咄を愉し

宮尾與男

新典社新書 77

目次

はじめに……5
滑稽艶笑譚への誘い……15
凡例……31

I 雪隠の巻
1 雪隠（せっちん）の敵討（かたきうち）…34／2 借雪隠（かしせっちん）…36／3 かべごしの国もの…38／4 雪隠（せっちん）…41／5 菜売（なうり）…43／6 雪陳（せっちん）…44／7 鑓持雪隠（やりもちせっちん）の事…47／8 礼記曰父子ハ不レ同レ席（セキヲ）…48／9 雪隠…51／10 ぶたごなる下男（しもおとこ）の事…52／11 考所（かんじょ）…54／12 遊所…55

II 大便の巻
1 肥…58／2 丸（まる）の内（うち）…59／3 くそ…61／4 茶人（ちゃじん）の目利（めきゝ）…64／5 はなさきおとこ…66／6 はこ…68／7 こばし過（すぎ）てちしよく…71／8 芸者（げいしゃ）…72／9 あくたい…74／10 仁王経…75

III 小便の巻
1 武士…78／2 もゝ引…79／3 小便たご…82／4 格子…83／5 雪ふり…84／6 辻番…85／7 御門（ごもん）

札…87／8　馬士…89／9　寒国の大咄の事…90／10　有馬の身すぎ…92／11　樽に錐もみの事…94／12　犬のとくゐ…95／13　雪ふりのらく書…97／14　女房に利屈…98／15　異名ずき…101

Ⅳ　尿瓶・おまる・おかわの巻

1　しびんの花生…104／2　服沙包…105／3　しゅびん…106／4　しゅびん…108／5　山出し…110／6　おかわ…111／7　乗合の迷惑…113

Ⅴ　屁・おならの巻

1　夜這…116／2　屁ツぴり…117／3　風を喰ふ鳥…119／4　盗人…120／5　飛頭蠻…122／6　屁…124／7　屁…125／8　おならの伝…126／9　見立…128／10　いもや…129／11　おなら…131／12　取馳…132／13　おなら…133／14　どろぼう…134／15　取はづし…136／16　南都…137／17　すき屁…139／18　念者…140／19　へこりの事…142

Ⅵ　ふんどし・湯文字の巻

1　飛脚…146／2　切会…147／3　何がなきれいずき…148／4　やつこはおもはぬしやしん…150／5　女郎買…153／6　ふんどし…155／7　あたらしきふんどし…156

おわりに……158

はじめに

文学作品のなかに、火野葦平が、『糞尿譚』（昭和十三年・一九三八。その後、講談社文芸文庫・平成十九年・二〇〇七）で第六回芥川賞を受賞し、同じ芥川賞作家安岡章太郎も、「放屁抄」（「文学界」昭和五十二年六月・一九七七）、『ウィタ・フンニョアリス』（講談社・昭和五十五年・一九八〇。その後、文春文庫から『滑稽糞尿譚―ウィタ・フンニョアリス』と改題。平成七年・一九九五）、『僕の昭和史1』（〈弘前の思い出〉二十一ページ・講談社・昭和五十九年・一九八四）などに、糞尿、放屁にかかわる滑稽艶笑譚（こっけいえんしょうたん）または風流滑稽譚を書いている。しかも、『ウィタ・フンニョアリス』には、芥川龍之介、谷崎潤一郎、北杜夫、吉行淳之介、遠藤周作、円地文子、阿川弘之、田辺聖子、畑正憲、星新一、金子光晴らの糞尿エッセイを収め、多くの作家たちが糞尿、放屁などの滑稽艶笑譚を真正面から扱っているのに驚かされるが、実に面白い。またここに収められていない他の作家の成島柳北、永井荷風、新美南吉、石川淳、内田百閒、藤本義一らも糞尿エッセイを書いている。糞尿にかかわる世界が毎日の生活の出来事でありながら、そこで起こる発見におかしみを感じ、それを伝えたいと思ったことが、多くのエッセイを残してきたのであろう。安岡は『僕の昭和史1』に、昭和四年から六年まで過ごした弘前生活で見た、忘れられない女の立ち小便を綴っている。

その頃、弘前の人たちは大人でも必ずしも便所で用を足していなかった。僕は学校の帰りみちで、よその小母さんが自分の家の前の溝にしゃがみこんで小用をしているのを見たことがある。その人は、片手に鍋を持って家から出てくると、隣の家の小母さんと二た言、三言、何か立ち話をしながら、溝をまたぐといきなり裾をまくって、何事もなさそうに放尿しはじめたものだ。僕は子供ごころにも、しばらくアッ気にとられていたが、要するに当時の弘前の町は大部分がまだ田園の風習をのこしていたのであろう。

幼少期の安岡にとって、この衝撃的な体験が、その後の安岡の滑稽艶笑譚への興味につながっていったのをみると、貴重な体験だったことになる。こうした近代、現代の作家たちの知られざる生活の一齣(こま)を文章で味わえるのは、楽しくもあり愉快でもある。

ところで、近代以前の古代から近世までの古典文学のなかにも、多くの滑稽艶笑譚が書かれている。『古事記』『万葉集』『竹取物語』『今昔物語集』『宇治拾遺物語』『古今著聞集』『沙石集』『福富長者物語』、そして近世の洒落本の『薫響集』、風来山人（平賀源内）の滑稽本の『放屁論』、榎本其角、小林一茶の俳句、笑話集の『きのふはけふの物語』『醒睡笑』、その後の江戸小咄集などと、そのすべてが笑いを誘う滑稽艶笑譚であった。決して特別な話題ではなかったことは、古典文学における艶笑性を中村真一郎の『色好みの構造』（岩波新書黄版三一九・昭和六十年・一九八五）や暉峻康隆の『日本人の愛と性』（岩波新書新赤版九二・平成元年・一九八九）が問題にしたこととつながってくる。もちろん文学の他に絵画でも放屁を主題にした「勝得絵巻」「放屁合戦絵巻」が描かれており、しかも近世狩野派絵師大岡春卜の『倭漢名筆畫本手鑑』（享保五年・一七二〇）には鳥羽僧正覺猷筆の京東寺什物の放屁図を模写して収めている。その後は、戯画の主題の一つとなった放屁図であるが、幕末には葛飾北斎の『北斎漫画』や河鍋暁斎の「放屁合戦絵巻」などにも描かれ、幕末から近代に至るまで好まれてきた。それが滑稽艶笑譚の世界である。

古典文学から現代文学までの、さまざまな滑稽艶笑譚を読み、さらに近世の浮世絵師たちの描いた「放屁合戦絵巻」などを見てくると、露骨に表現された言葉と絵が、意識的に笑わせることを目的として描かれており、それを誰もが声を出して憚らずに笑えるので喜ばれたことがわかる。芥川賞作家の開高健が安岡の書いた「放屁抄」を読んだ後に、マルセル・パニョルの『笑いについて』（鈴木力衛訳・岩波新書青版一二八・昭和二十八年・一九五三）に、フランスパリのムーラン・ルージュで放屁を売り物にした舞台の記述があるのを知らせてきたと安岡はいう（『放屁抄』蛇足」『ウイタ・フンニョアリス』所収）。おそらく開高健も同じ滑稽艶笑譚を好む人物の一人であったのだろう。

このパリの話は、「おならの名人」（五十九ページ）として紹介されるが、パリでは、「おならら男（ペトマーヌ Le Pétomane）」と呼んでいる。演じた男はマルセイユからやって来たジョゼフ・ピュジョール Joseph Pujol である。面白いことに、この「おなら男」の演じている映像記録が残っていて、いまも見ることができる。この放屁の興行は、すでに日本でも江戸時代に江戸両国橋の見世物小屋で、放屁を聞かせた「放屁男（へッヒリヲトコ）」がいたから、江戸のほうがパリよりも早いことになる。外国の放屁については、ロミ Romi とジャン・フェクサス Jean Feixas が『おなら大全』（原題—Histoire anecdotique du pet de l'Antiquité à nos jours・作品社・平成九年・一九九七）を書き、ここでも「おなら男」として紹介している。数々の放屁図像を載せているのをみると、いかにパリでの評判がよかったかが知られる。この著者の一人であるフェクサス Jean Feixas には『うんち大全』（原題—Pipi, caca, popo:Histoire anecdotique de la scatologie・作品社・平成十年・一九九八）という本もある。このようにして古今東西の滑稽艶笑譚は、確固たる市民権を得ていた歴史をみることができる。

※

さて本書には糞尿を中心にした滑稽艶笑譚を近世笑話本、江戸小咄本から蒐集し、江戸小咄を愉しむための入門編をまとめてみた。いつの時代にも毎日の生活のなかで、お世話になる雪隠は糞尿を排泄するところであり、気分を爽快にさせるところであることはいうまでもない。しかも人に邪魔されることもなく、本を読んだり、構想を練ったりと、一人になれる場所にいることで得られる別世界は特別なところである。この雪隠や糞尿にかかわる話をするとき、前置きの言葉として、「尾籠（びろう）ながら」というのがある。これは尾籠がオコと読まれることとかかわってくる。オコは烏滸とも書き、馬鹿げたこと、馬鹿馬鹿しいことを意味し、オコな行動をすると、みっともないこととみられ、人に笑われる。また笑いのともなう下品な話は、烏滸（尾籠）な話ともいってきた。柳田國男が「笑の文学の起源」（『笑の本願』）や「嗚滸の文学」（『不幸なる芸術』）のなかで、この尾籠、烏滸について述べたのも、笑いの歴史や概念に欠かすことのできない言辞であったからである。

※

近世笑話集、小咄集にみる滑稽艶笑譚は、とても多く残されている。ことに糞尿に対する意識が高かった時代であり、簡単に水洗トイレで糞尿を流す現代では気づかないであろう。かつてドキュメンタリー映像で、駱駝（らくだ）の尿で黒髪を金髪に染めるのを喜ぶ女性をみた。金髪になることへの憧れと嬉しさは、女性にとって美への追求でもあった。この不思議な光景を伝える映像から、まだ世界には糞尿を、いまも有効に用いている現実があることを教えているようにも思えた。

わたしは中学生のとき、時間割の中に労作という授業があり、便所当番というのがあった。糞尿を便所から汲み取り、大きな空っぽの担桶（たご）にゆっくりと入れ、それを天秤棒で友達と担ぐのである。担桶には蓋がないので揺れるたびにチャポチャポと音をたてて、友達の背中に撥（は）ね、わたしの顔にも撥ねてくる。時間内に何回も担いだ。今の時代にこんな担桶を担いで糞尿を運んだ体験を持つ人はいないであろう。五十数年前の昔話である。これによって学校の畑で野菜をつくるのだから、早くから糞尿が肥料として役立つことを知っていた。その十代前半が、いまでも懐かしい思い出となっている。

台湾の龍山寺のトイレは小便をすると、下にプラスチック桶があり、一杯になると農民がその桶を運んでいるのを見た。これは立派な肥料となっていたことも思い出す。

※

本書に収める滑稽艶笑譚は、すでにまとめた、『江戸艶笑小咄集成』（彩流社・平成十八年・二〇〇六）に続くものである。前著では雪隠、糞尿を中心にした笑いと、遊郭を中心にした笑いを省いてある。それぞれの笑話、小咄が相当の分量をもっているのが理由である。このたびの本書では、《雪隠、糞尿そのほか》を紹介することになる。出典となる作品は、江戸時代に一千余種も刊行され、それぞれの笑話には多くの挿絵が添えられ、さまざまな当時の情景を描いている。そして笑話、小咄の一つ一つが虚構の話であったとしても、実際に起きた出来事を踏まえているものを多くみる。一冊に八十話近くも収められる作品は、いつでもどこからでも読むことができるので、読み手にとっては恰好の読み物となった。自分が楽しむ目的で読むだけではなく、読み覚えたものを人に聞かせるものとしても喜ばれてきた。それは読む笑話から話す笑話へと、早い時代から変化していったこととかかわり、また文章も会話体を中心にしているのが好まれて、読みやすい作品群となったことが作品数を増やしてきた最大の理由にあげられる。

※

本書は、四十年ほど前に、笑話、小咄の主題ごとにまとめた「分類・江戸笑話集」の出版企画のときの蒐集が元になっている。文庫本を中心にしていた某出版社から出す予定であったが、他のシリーズ物の文庫本の売れ行きが芳しくなく出版社は倒産したため、幻の企画となった。そのときに蒐集した滑稽艶笑譚の話数は六百話近くであったが、これらを〈雪隠の巻、大便の巻、小便の巻、尿瓶（しびん）・おまる・おかわの巻、屁・おならの巻、ふんどし・湯文字の巻〉の六章にわけ、二百話ほどに絞ってみたが、本書は限られた頁数であるので、さらにその半分以下の七十三話に減らすことにした。

もともと笑話・小咄の文章は、会話を中心にした笑いであるから、導入となる笑い以前の展開は、ほとんど省かれており、突然に会話がはじまるとともに、その対応の言葉や行為によって起こす落ちへと導いていく。すでに笑う準備をもって読み手は読み、落ちを意識しながら読んで、予想通りの落ちであったり、予想外の落ちであったりすることで笑うことになる。だが、ここには時代語といえる上方語、江戸語、俗語などの語彙がみられ、また古語語彙もみられる。これらのすべてが辞書に載っているわけではない。読む流れを遮るのを防ぐためには、読む便宜をはかるための語注を施し、わずかな鑑賞ノートをつけることで、読むための理解に役立てる構成を取った。お役に立てば幸いである。最後に、著者の気持ちを代弁している、『鹿子餅後篇譚嚢（たんのう）』の跋文の一部をあげておこう。

一帖（てう）見る人、屎のこ（ご）とくわらはむ。笑はゝ（ば）わらへ。此方、屁（へ）とも存せ（ぜ）ぬ。

馬場氏　雲壺

滑稽艶笑譚への誘い

滑稽艶笑譚に収める作品群のなかに、すべて一冊が雪隠、糞、尿、屁の笑話をあつめた珍しい作品の『落咄下司（げす）の智恵（ちえ）』（天明八年・一七八八）がある。諺の「下衆（げす）の話は糞で収まる」「下衆の話は尻へ下がる」「下衆の後知恵」「下衆の知恵は後から」によった書名だが、全二十話を収めている。以下に、題目をあげてみる。［　］内は本書の各巻名の略称である。

1 はなさきおとこ［屁］　2 はいかい［小便・屁］　3 下司［屁］　4 ともだちどふし［屁］　5 表座敷［屁］　6 医論［小便］　7 初くわい［屁］　8 なじみ［屁］　9 おいらん［屁］　10 どろぼう［屁］　11 丸の内［糞］　12 茶人［糞］　13 あくたい［糞］　14 主従［糞］　15 たんれん［雪隠］　16 まちぶせ［おかわ］　17 ながや［糞］　18 異見［雪隠］　19 考所［雪隠］　20 たとへ［小便・糞］

黄表紙仕立ての作品であるので、一話ずつに挿絵一図がついている。この二十図のすべてが糞尿図版になるのは面白い。もともと艶笑小咄集といえる作品は秘密裡に出版されたものが多く、出版部数も少ないことから残った作品は数えるほどしかない。それでも震災や戦禍を免れて残ったのは幸いといえよう。以下、本書の六章にわけた各巻の概説を述べておきたい。

Ⅰ　雪隠の巻

江戸時代、長屋といえば、武家の長屋と町人の長屋があった。笑話に出てくる雪隠の多くは、町人の裏長屋の**雪隠**である。長屋の貸主は地主で、その使用人のまとめ役が家主である。家主は大家ともいった。この家主が長屋の雪隠を管理した。長屋一棟は間口九間、奥行き二間半。これを六軒に仕切る。九尺二間の棟割り長屋ともいう。路地を挟んで一棟ずつ建っている。長屋を描いた挿絵は少ないが、知られるものに式亭三馬の滑稽本『浮世床（どこ）』（初編・文化九年・一八一二、二編・文化十一年・一八一四）の口絵がある。描かれる長屋は二階建てで、路地の入り口に木戸があり、木戸口の下にある敷居の上に戸がある。朝から夕方まで戸ははずされ、五つ（午後八時前後）の時刻に閉められた。戸には錠があり、錠は月番が管理して、四つ（午後十時前後）の時刻に錠をかけた。木戸の板屋根に忍び返しがついているのは、侵入を防ぐためである。路地の真ん中にどぶ板が敷かれ、路地の奥の突き当たりに掃き溜め、**雪隠**、井戸がある。掃き溜めはゴミ捨て場である。すべてが共同のもので、雪隠は**惣雪隠**ともいった。

江戸の雪隠は羽目板で囲まれ、床も低く地面と同じ高さである。扉は半戸、上から覗くことができた。上方は羽目板ではなく土壁で囲む。長屋の雪隠は一軒しかなく、誰かが使用していると、すぐに入ることはできない。そのため各家では**尿瓶**、**おまる**、**おかわ**などを使用し、使用後に雪隠に捨てに行った。

笑話の中に二軒つづきの雪隠が出てくる。この二軒つづきは長屋のものではなく、外にある雪隠のことである。「道ばたの二軒つづきの雪隠」「ふしあなよりのぞきみる」「ふしあなより」などと羽目板の木の節穴から覗くといった表現がみられる。外の雪隠は**辻雪隠**

といった。諺（ことわざ）に、「清正の雪隠入りでやりはなし」がある。武将の加藤清正でも雪隠に入る時は、槍を持って入ることができず、槍を手から放すと詠んでいる。これに「やりっぱなし」を掛け、後始末をしないのを笑った。後始末は尻を拭かないことをいう。

雪隠は川屋ともいった。川の側につくったからといい、狭い川の上に屋を建てたからともいう。禅宗の語では雪隠を「せんや」「せっけ」といい、背屋のことをいった。後架もその一つである。同じものに「にし」「うら」という言葉もある。ほかに便所・厠（かわや）・厠・溷（かわや）・不浄所・東司（とうす）・西浄（せいじょう）・せんち・手水場（ちょうずば）・せついん・惣後架（そうごうか）・内後架（うちごうか）などがある。

一般の名称としては便所が多く用いられてきた。便所には神（便所神）がいるという俗信があり、後架神（こうかがみ）・雪隠神（せっちんがみ）・便所神・厠神といった。地方によっては、うぶすなさま・おぬしさま・おひがみさま・かんじょがみ・しもやのかみ・しりしりさま・せんちがみ・ちょうずのかみ・ほうきのだいじんなどと呼んでいる。紙で女の人形（ひとがた）をつくって供えることや、青と赤、白と赤の男女の紙の人形をつくるところもある。また新築の際、魔除けといって、紙で夫婦一対の人形を便壺の下に埋めることや、男女一対の泥人形をまつるところもある。

便所神は手がなく、目が不自由だともいわれる。また、妊婦が便所を掃除すると可愛い子が生まれるとか、お産の手助けをするといい、赤ん坊が生まれると便所へ詣でる雪隠参りもみられる。子供が便所に落ちないように便所神に祈るところが各地にみられるなどと、便所神の信仰は篤い。

Ⅱ　大便の巻

明和九年（安永元年・一七七二）の『話稿鹿の子餅』の最後に、「下司咄屎果以古語（ゲスノハナシハクソデハツルノモッテコゴヲ）先此巻是切（マヅコノマキハコレキリ）」と記す。諺の「下司咄屎果」を用いたものだが、下司は下賤な者、品格、教養の低い者の意味をもっている。そういう者の話の最後は屎の話で終わるという古語（諺）があるといっている。「先此巻是切」は、「まずは此の本は、これにて終わる」という意で、芝居の最後にいう「まず今日は是切」に倣ったものである。つまり、「まずはここまで」「これにて終了」の挨拶となる。『鹿子餅後篇譚嚢』（安永六年・一七七七）の最後は「夢（ゆめ）」と題して、屎の話を置いている。

一生は大夢のごとし。是非の境を論ずべからずと悟て見ても、唯はなれがたきは慾心なり。しかし下司のらくは寐らくと、寐た所おもしろい夢。浅草へまいり、吉原へ行かふと、どてへかゝつた所、財布が落てある。人も見ぬゆへ拾て、そつと明ケて見れば、百両ばかりの小判。うれしく内へ持てかへり、置所にこまり、庭のすみを掘てうめ、上へしたたか、くそをたれ、「これでは誰もしるまい」とおちつくと、夢はさめて最う夜明け。金は夢で有つたか、屎は本で、寐所中ひりくるみ畢ぬ。（1）

冒頭の「一生は大夢のごとし」は一生は大きな夢をみているようなものをいう諺である。糞の下に金を隠したのは、人が糞を避けて通るから安心となる。だが、この知恵を働かせたまでは夢で、夢の中でした糞は夢ではなく、実際に糞をしていたという落ちになっている。この後に、本書の跋文が書かれ、「先来見はしたる鹿の子餅も、軸は屎にておさめたり。其吉例をもて、又、尻に屎を以す。一帖見る人、屎のことくわらはむ。笑はゝわらへ。此方、屁（へ）とも存せ（ぜ）ぬ。　馬場氏　雲壺」と記す。「軸」は巻軸のことで終わりを意味し、ここは終わりの笑話は屎で終えたという。「屁とも存せぬ」は問題にしない、気にもしないことをいう。馬場氏雲壺の「馬場」は糞、「氏（し）」は屎、「雲壺」は「うんこ」と読む。雲壺は、『話稿鹿の子餅』の作者木室卯雲の別号である。通称七左衛門。御徒目付、小普請方、御広敷番頭などを勤めた幕臣で、白鯉館の狂歌名もよく知られる。最後に下司の笑話で終えるのは、笑話本の巻構成に従ったものでもある。これは上方（京都、大坂）で出版されてきた軽口本作品群による慣例であった。作品が五冊本である場合は、巻五に遠慮する笑話を置いた。遠慮は堂々と置くことを差し控えることで、「指合（さしあい）」ともいった。他の笑話とは別扱いをしたのである。たとえば遊郭の笑話も遠慮の一つで、それを載せた『軽口大わらひ』（延宝八年・一六八〇）巻五には、「遠慮序」の内題を記している。その後、好色笑話を載せた『談林利口（りこう）咄』（天和二年・一六八二）もある。変わったものに盗人の笑話だけを載せた『噺かのこ』（元禄五年・一六九二）もみられる。巻五には他の巻よりも多い話数がみられるのは、付録としてのお楽しみを提供する目的があったからである。だが、下司な笑話を巻五以外にも収めるようになってくると、時代とともに滑稽艶笑譚は普通の笑話と並べられるようになった。

糞は屎とも書き、**大便・ばば・堅糞**(かたくそ)**・たれる・左捩り**(ねじ)**・へち屎・うんこ・はこ・野雪隠**などの語彙が残っている。糞は肥料となるので売買の対象物であった。江戸の隅田川東岸葛西の農民が、江戸の糞尿を船で運んだ。この船を**葛西船・糞船**といった。葛西というと「尾籠ながら」が結びつく言葉もみられる。江戸のほとんどの糞尿を処理してくれたのだからありがたい。町中では馬や大八車に肥桶を積んで運び、桶を担いで来る**汚穢屋**(おわいや)**・肥買・肥取り**が肥柄杓で糞尿をあつめた。肥桶には野菜を積んで来て、この野菜を代金の代わりに置いた。また、むかしの糞をコレクションする変人もいたという。これは笑話だけのことだから疑わしい。諺に「糞もみそも一緒」「糞に箔塗る」「糞と虻(あぶ)」「糞を放(た)れて逃げる」「糞が呆れる」「糞食らえ」「自屎(じし)臭きことを覚えず」などがみられる。

小便はシシという幼児語からはじまり、小用(こよう)・小用(しょうよう)・尿り(いばり)・ひょぐるなどの語彙をみる。安永二年（一七七三）の『さしまくら』の「小便(せうべん)」には、

息子(むすこ)の小便をするを親仁(をやぢ)が見て、「扨々今の若者は弱(よは)い、おれらが若い時は捻(ひね)くるやうな事はなかつた」。息子、「押(を(お)さ)へてせねば、鼻(はな)へはいります」。(2)

他愛ない笑話であるが面白い。立ち小便をするのは男であるので、塀に、「此所小便無用」とか、鳥居の絵を描いた家があり、これは戦後まで残っていた。いつも小便をされてしまう塀だったとみられる。暗くなったら、お断りの文字など見えるはずがないから、立ち小便されることになる。見つけられたとき、小便を途中で止めて逃げるのは男だが、女は野原などで隠れて小便をするのを見られると、出し終わるまで見られたままだという。それは男と違って途中で止められないからといわれている。警官に見つかったら、ずっと見られっぱなしで軽犯罪になるのでは割に合わない。小便小僧の発祥の地ベルギーのブリュッ

セルには小便少女が近くに設置されている。片手落ちにはしない国柄なのであろうか。
寝小便の笑話も多くみられる。よく子供は寝小便をする。ことに女の寝小便は恥ずかしいこととされ、その呪文までが残されている。また、「寝小便の大奇薬」といった薬も売られ、「是まで諸人にほどこし用るに一人も治せずといふものなし」「世中の売薬とはちがひ少しもいつはりなく」といった強気の宣伝文をみる。やはり深刻な問題であったことがわかる。

諺の「小便一町糞八里飯三町」のように、旅の途中で小便したり、糞したり、食事したりすると、同伴者に遅れる。その距離をいったものである。また小便、糞、食事の我慢できる距離のことだともいう。一町は約百九メートルであるから、ここは我慢するほどの距離のことではないだろう。だが一説には漏れそうになった時の我慢できる限界の距離だともいう。因みに八里は約三十一・五キロメートルである。その他の諺にも「小便一町糞一里」「小便担桶にも小波」「小便三百」「小便をしたり八幡を拝んだり」「尿担桶も百荷」「蛙の小便」「頭の上で小便する」「牛の小便」「砂地の小便でたまらない」などがある。

Ⅳ　尿瓶・おまる・おかわの巻

尿瓶は溲瓶とも書き、**しびん**・**しゅびん**ともいう。男が使用する物である。女は**おまる**、**おかわ**（「おかはや（御厠）」の略）などといったものを使用した。おまるは幼児・小児用の楕円形の便器にも用いられた言葉である。また、焙烙（ほうろく）という船中で女が使用する素焼きの便器代用品もある。使用後は水中に投げ捨てた。**尿瓶**は男の一物を中に入れて用を足し、終わった時に振り切ることができないために、一物を抜き出す時に、外に垂らすことがあり、着ている物を汚すという。病人などの看病をした女たちからは、男はだらしがないというが、あの小さな穴から漏らさないように抜き出すのは至難の業である。家庭で使用する時は、**尿瓶**につまずいて倒して、入っていた尿をこぼしたという話が多くある。便利な道具でありながら、扱いにくいものといわれる。

笑話には、**尿瓶**も**おまる**も使用したことがない田舎出身の者が出てきたり、盗人が**尿瓶**を盗み、その形も名前も知らないので、「それはなんだ」というと、子分が、「親方、シイヽヽヽ」というのもある。声が大きいので「シイ」といったが、ここは小便と尿瓶のことをいう「シイ」を掛けている。

おかわの笑話の一つに、『当流軽口百登瓢箪』（元禄十四年・一七〇一）巻三の「げびた事」がある。

> ずんどまずしき者、質種つきて、おかわを質屋へ持てゆき、「是にてよき程、銭をかし給へ」といへば、「是には四々の十六文かしませう」といふ。「それならば帰りて、ばゝに問てくそ」といふた。(3)

尿を掛け算の四四に掛け、その答えの十六を銭の額とした、さらに糞の異称である「ばゝ」を婆に掛け、「くそ」に「来そ」をも掛ける。おかわを質屋に持っていくほどの貧しい生活をしていながらも、洒落言葉をいうところに、まだまだ心の余裕がみられる。

V　屁・おならの巻

屁は、くさい、におうといった嗅覚と、「ブウ・スウ・ピイ」などの音の聴覚を素材にした笑話がみられる。**おなら**（女の子供がいう言葉）をするのを、**こく・ひる・べひる**などといい、放屁の効能に、気分がすっきりする、腹がすく、屁のほこりが取れるという。これを「屁の三徳」といっている。

安永三年（一七七四）、江戸の両国広小路で、屁の音を聞かせる見世物が評判になった。屁ツぴり男、霧降花咲男といわれる男の珍芸が記録されている。この男を主人公にしたのが、風来山人（平賀源内）の狂文集『放屁論』（安永三年）である。霧降の芸名は諺の「霧不断の香を焚く」の霧がたちこめると、香をたいているようだを踏まえて、屁の音がたちこめるに用いたものである。花咲男は枯れ木に花を咲かせる男を踏まえ、『古今和歌集』の仮名序の「難波津に咲くやこの花冬ごもり今を春べと咲くやこの花」の「春べと咲くやこの花」の「べ」を「屁」に掛けて、「咲くやこの花」を捩ったものともいわれる。のちに三国福平と名を変えるが、これも三国一の屁を放るによる。

花魁が、おならを紙に包んで捨てると、格子にぶつかって紙が破れ、「ブウ」と音を出したり、同じ紙が天水桶に落ちて、「ブクブクブク」と音を出したりと、あり得ないような面白い笑話がみられる。落語にも『転失気（てんしき）』というのがある。和尚が医者から、「転失気はあるか」と聞かれるが、和尚は転失気を知らない。小僧に「教えたはずだ、借りて来い」と命じて確かめようとする。小僧は医者に聞いて、「転失気とは屁のことだ」といわれるが、小僧は和尚に、「転失気とは盃のこと」と嘘をいう。翌日、医者の前で、「転失気を出そう」といって盃を出す。「医家では放屁をいうのに、仏家では盃か」といわれ、和尚は、「数盃重ねると、ブゥブゥが出ます」という落ちをいう。落ちのブゥブゥは知ったか振りを示すための故事付けであるが、なぜ盃とブゥブゥが結びつくのかという落ちの説明を記したものがみられない。宇井無愁は、「ブゥブゥとは何のことか。「不平」「文句」の意味かという説もあるが、納得しにくい」といっている（『落語の根多』角川文庫・昭和五十一年・一九七六）。これを推測すると、盃の数盃を「はいはい」というのを、芝居で下っ端で未熟な役者を「はいはい役者」というのにむすびつけたのではないだろうか。下手な演技をすれば、観客からは「ブゥブゥ」のブーイングとなる。これを屁のブゥブゥに掛けたとみたい。演題の『転失気』は「てんしっき」というのが正しく、「てんしき」は転訛した言葉といわれる。

諺に「屁負い比丘尼」「屁と火事は元から騒ぐ」「屁の中落ち」「屁は糞の先走り」「屁の如し」「屁は笑い草煙草は忘れ草」「屁を放（ひ）って尻を窄（すぼ）める」「黙った者の屁は臭い」「伽羅も焚かず屁もこかず」などがみられる。

VI　ふんどし・湯文字の巻

ふんどしは男も女も用いる。男のふんどしは、**三尺・六尺・越中ふんどし・割りふんどし・犢鼻褌**（たふさき）**・畚**（もっこう）**ふんどし**などと呼ぶ。越中ふんどしは、三尺の布に紐を付けた男の下帯をいい、畚ふんどしは、短い布の前後を縫い、これに紐を通して紐の一端を結んだものである。形が畚（藁・縄を編んでつくった土を運ぶ道具）に似ていることからついた名である。また、ふんどしを締めたまま、風呂に入るのを**風呂ふどし**という。濡れたふんどしは下（しも）

盥（だらい）で洗い、持参した新しいふんどしを締めて帰った。これを**替えふんどし**といった。ふんどしの別称に、**へこ・ふどし・下のび・下ひも・ててら・ててれ・たぶさぎ・たんな**がある。笑話には、羽二重絹、加賀絹のふんどしも出てくる。諺に「義理とふんどし欠かされぬ」「ふんどしを締めてかかる」「人のふんどしで相撲を取る」「ふんどしの川流れ」「ふんどし一貫」などがある。また、厄年の人は年越しの夜に、ふんどしに百文を包んで四辻に行き、落としてくると厄を逃れるという俗信がある。

女のふんどしは**湯文字・湯巻・腰巻・蹴出し・湯具・内具**などという。風呂に入る時に腰に巻いて入った湯巻を女房詞で湯文字といった。湯文字はお湯巻・お湯具の「お」が略され、**ゆもじ・いもじ**に転訛したといわれる。ほかに、**いまき・二布（ふたの）・二幅（ふたの）・二の物（ふたのもの）・下結（したむすぶ）・下紐・下帯・恥じかくし・谷地（やち）かくし**などもみられる。遊郭ではふんどしの紐はつけずに素肌に巻いて端をはさんだ。宝暦以降に**緋縮緬**の湯文字が流行し、緋縮緬は湯文字の別称ともなった。湯文字の上に巻くのを**腰巻**といった。

※（1）～（3）は本文以外の笑話。

凡例

本書は、なるべく原文のままに紹介するのを心掛けた。語注には、各種の笑話本作品集や前田勇編『江戸語大辞典』(講談社)、大久保忠国、木下和子編『江戸語辞典』(東京堂出版)、中野栄三著『江戸秘語事典』(雄山閣)などの辞典類を参考にした。鑑賞では笑話の内容にかかわることや他の笑話本作品名、落語になっている演題などをあげた。

本文作成の方針は、概ね次の通りである。

一、話題は出典作品の話題による。
一、会話に当たる部分、間接話法で書かれている部分などに「 」を施した。
一、出典には、作品名、所収巻数、出版年、西暦年、出版場所(上方・江戸)を記した。
一、※印は語注である。

一、笑話題の［　］は作品にはないもので、仮につけた題目である。
一、鑑賞のなかで落語にかかわる笑話には演題をゴシックで記した。
一、挿絵には作品名を記した。挿絵は夕霧軒文庫所蔵本による。なかには個人蔵本によったものもある。

本書で扱っている作品は、江戸時代に編纂され、当時、用いられていた語彙、表現などによる、読者に読まれることを前提に出版された古典作品である。現在では、当然、配慮を必要とする語彙、表現があるが、これらはその時代の言葉であり、今日の言葉の元になったものである。そして近代に入っても、近代以前の古典作品を踏まえた現代文学も生まれてきた。その歴史的事実を考えるとき、古典作品の存在も言葉も表現も大きな意味をもっており、これからも次代の人々に読まれていくことになる。すべての古典作品が読まれていくためにも、本書での本文を原文のままで収めることをご了承いただければ幸いである。

Ⅰ　雪隠の巻

1　雪隠（せっちん）の敵討（かたきうち）

※さいこく（ご）のもの、おやのかたきをたづねんと、※所々方々（しょくほうく）とめぐり、江戸（ゐと（ど））へ来（きた）り。※くらまへすじ（ぢ）を行しが、急（きう）に雪隠（せっちん）へ入たくなり、道ばたの二けんつゞきのせっちんへ入しが、となりにも人おとするゆへ（ゑ）、おもわず（は）ふしあなよりのそ（ぞ）きみるに、ひごろたづぬる所の敵（かたき）なれば、声（こへ（ゑ））かけ、「ヤアとなりにおいやるは、さいこく（ご）の住人（じうにん）、※太井弥津太（ふとゐやつだ）どのにあらずや」「いかにも、シテそふ（さ）（う）おいやるは※何人でござる。名をなのり給へ」「※いふにやおよぶ。※われこそ、※草井運平（くさゐうんぺい）がせがれ小次郎、よくもわがちゝを手にかけ、※たちのきしよな。それ、ちゝのあた（だ）には、ともにてんのいたゞかずとかや。日ごろこゝろをつくせしかいあつて、けふこの所にてあふ（う）は、※うどんげの花。※サア出あふ（う）て、しやうぶおしやれ（じ）」「※ヤアこしやくなる若（わか）もの、※イデ※かへりうちにしてくれん」「サア出あへ」「※イサ（ザ）でろ」と、たがひに※みがまへして、しりをおろす。

『当世口合千里（せんり）の翅（つばさ）』（安永二年・一七七三・江戸）

※**さいこくのもの**　西国の者。一般には九州の者。幅広く見ると、畿内以西の諸国。中国・四国・九州地方をいう。　**所々方々**　あちこちの場所や方角。各所各方面。　**くらまへすじ**　蔵前筋。現、

東京都台東区蔵前一、二丁目の通り。**太井弥津太**　ずうずうしい奴だ。横着な奴だ。擬人名。**何人**　「なにびと」と読む。どなた。**いふにやおよぶ**　言うことにしよう。**われこそ**　自分は。**草井運平**　「臭いうんこと屁」を捩った擬人名。**たちのきしよな**　立ち退きしよな。その場から逃げたな。「よな」は文末に使われる確認を表す間投助詞。～だな。**うどんげの花**　優曇華の花、インドの想像上の植物で、花はめったに咲かないと信じられ、三千年に一度花が咲くとき、仏が世に出現するということから、めったにめぐり会えないような喜ばしいこと。**出あふ**　さあさあ出合え。「出て来て立ち向かえ」と「雪隠を出てこい」を掛ける。**こしやく**　小癪。生意気な。**イデ**　相手を誘う時にいう。さあ。**かへりうち**　返り討ち。敵を討とうとして、逆に相手に討たれること。**イサでろ**　「さあ表に出てこい」と「さあ大便を出せ」とを掛ける。**みがまへ**　身構え。準備。支度。用意。大便をする準備と仇討ちの構えを掛けるか。

二軒つづき

「道ばたの二けんつゞき」は二軒つづきの雪隠である。「イサでろ」が、「さあ勝負だ、表に出ろ」と展開すると思いきや、「たがひにみがまへして、しりをおろす」という落ちとなっている。用を足す競い合いとなったのがおかしい。昔から緊張すると大便をしたくなるといい、盗人などは大便をしてから家の中に入るという。優曇華の花は、「優曇華の花待ち得たる心地」という不倶戴天の敵討ちに出会った時にいう諺である。「優曇華の対面」ともいう。非常に珍しい対面の時の言葉として使った。『友たちはなし』（安永三年・一七七四・江戸）の「雪隠のかたきうち」に同話をみる。

『友たちはなし』（安永3年）

2　借雪隠（かしせっちん）

不忍弁才天（しのは(ば)ずべんざいてん）の開帳（かいて(ちや)う）、参詣（さんけい）くんしゆ（じ）。※此嶋（このしま）はむざと小便（せうべん）のならぬ不自由（じゆ(い)う）、そこを見（※み）込（こ）んで茶屋（ちやや）の裏（うら）をかり、かし雪隠（せっちん）。わけて女中（ぢよちう）がたの用（よう）が足（た）り。一人前（いちにんまへ）五文（もん）づゝときわめ、おびたゝ（だ）しい銭（ぜに(ま)(う)）もふけ。「是（これ）よい思ひ付（おも(い)つき）、おれも借雪隠（かしせっちん）」と地面（※ぢめん）の相談（さうだん）。女房（にようぼう(ママ)）、異見（ゐ(い)けん）して、「最はや一軒出来た跡、今建たとてはやらぬは見へてある。※ひらによしにさつしやれ」といへども聞かず。建た日からの大入。今まではやつた隣の雪隠へは、行人、※怪我に一人もなく、こつちばかりの繁昌。女房、※不審し、「どうしてこつちばかりへ人が来ます」と聞ば、亭主、※高慢、※鼻に顕れ、「なんと見たか、あれはそのはづ。隣の雪隠へは、一日おれが這入て居る」。『話稿鹿の子餅』（明和九年〔安永元年〕・一七七二・江戸）

※此嶋 上野不忍池の弁天島のこと。**むざと** みだりに。やたらに。**見込んで** ねらって。予想して。**地面** 土地を持っている者。土地の所有者。**ひらに** どうか。なにとぞ。**怪我に** 全然。まったく。間違っても。**不審し** 疑って。**高慢** 思い上がって人を見下ろすさま。**鼻に顕れ** 鼻を高くする。得意がる。自慢する。

開帳の賑わいと雪隠

人に使わせる雪隠だから借雪隠という。臨時の仮設雪隠は人出の多いところで利用された。男は立ち小便もできるから、小便だけとなると女の利用客が多くなる。不忍弁才天の開帳は、笑話のつくられる前年の明和八年（一七七一）三月二十一日に行われている。落語『開帳の雪隠』の原作である。単に演題を「開帳」ともいう。上方落語では「雪隠(せんち)の競争」「二軒雪隠(せんち)」などという。川端康成の短編「雪隠成仏(じょうぶつ)」（『掌の小説』所収）は、柴田鳩翁（天明三年・一七八三の生まれ）の道話をまとめた心学書『鳩翁道話(きゅうおうどうわ)』（天保五年・一八三四）三・上によったと川端研究者はいうが、ここにあげる『話稿鹿の子餅』のほうが五十余年も前の話であるので、この小咄によったものとなろう。川端は雪隠のために犠牲になった男の哀れさを、「雪隠成仏、南無阿弥陀仏」と唱えるのを主題としているが、内容も展開も同じである。

3　※かべごしの国もの

二、三人づれて(で)、※さかい丁へ※見物に行けるか(が)、にわ(は)かにせっちんへ行たくなれは(ば)、つれをまたせ、門のわきなるせっちんへはいりけるに、ふしあなより、となりせっちんにゐけるものをみれは(ば)、我等か(が)※国もの也。「これ〱三介、そのほう(は)はいつ江戸へきやつたぞ。さて〱よき所にてあふ(う)た」といへは(ば)、「やれ〱めづらしや、此中、※ふな丁、※せともの丁など、さかしけれども、※ゆきあたらなんだ。国には、みな〱※まめじや。きづかいしやるな。しかしながら、きよ年は※水そんにて、よほど※いたみがある。それゆへ、おれも江戸へきた。※よき口はあるまひか」などゝいふ所へ、「あまりおそきゆへ、もはやしばいはしまる。はやくきやれ」といひながらきけば、せつちんの中にて、はなしをしけり。「さて※〱やくたいもない事じや、そこにてはなしをするものか。たれじやぞ」といへば、「国もの」といふ。三介がいふやうは、「※おこゝろやすきかたそうな、ちとおはいりなされませい」といふた。

『かの子はなし』下巻（元禄三年・一六九〇・江戸）

※**かべごし**　壁越し。雪隠の羽目板壁。　**さかい丁へ見物**　堺町。江戸日本橋の堺町と葺屋町の併称。親父橋の東北の位置にある葺屋町の東に隣接した町。芝居町。俗に二丁町という。堺町には中村勘三郎座、葺屋町に市村座があった。　**見物**　芝居見物をする。　**国もの**　同郷の人。　**ふな丁**　ふなちょう。舟町。魚河岸の本舟町を略していう。　**せともの丁**　瀬戸物町。室町二丁目と三丁目の間から、東へ入る道の左右の町。魚河岸に隣接した町。　**ゆきあたらなんだ**　なかなか逢わなかったな。　**まめ**　元気。　**水そん**　水損。水害。　**いたみ**　被害。　**よき口**　よい働き

口。

やくたいもない事　何をやっているのやら。とんでもないことをする。きちんとしたけじめも無く、振る舞いのでたらめなこと。埒もないこと。

おこゝろやすきかた　人に気兼ねを必要としない人。

雪隠の羽目板

雪隠の四方は羽目板の壁で囲まれている。この羽目板の壁穴を覗くという設定である。板壁に穴があり、壁越しから声がしてくると、どうしても見たい、聞きたい、知りたいという心理が働いてしまう。いわゆる覗き見、立ち聞きである。諺にも、「壁に耳・壁に耳あり・障子に目あり・壁の物言う世」などとある。どこでだれが聞いているか分からない。密談ももれやすいという譬えである。小さな穴だと覗かれても分からないが、それが大きいと丸見えである。登場人物の三介は下働きの男・下男の名で三助とも書かれる。しかも愚かな使用人の名として笑話には登場する。愚か者は間抜け・馬鹿・阿呆ともいう。いうべきところのタイミングがずれる人物で、笑話では文字知らず・物知らず・聞き違い・読み違い・無筆・一つ覚え・失言・知ったかぶり・真似事などの失敗をする。女の下女にはお三という名がつく者が多い。「三助とお三で六なことはせず」ともいわれる。三と三で六となり、六を陸とみて陸な事をしない、どうにもならないことをいっている。「おこゝろやすきかた…」は、「とてもよいお方である。ひとつ中に入って話をしましょう」といって客人を家の中に招く時の言葉である。「お連れの人はよいお方であるようだな。ひとつ雪隠の中に…」は言葉のつかうところが間違っている。『枝珊瑚珠（えださんごじゅ）』巻一（元禄三年・一六九〇・江戸）の「たびの雪隠」も同話である。この『かの子はなし』『枝珊瑚珠』を踏まえたものに、『西のおとし咄』（安永六年・一七七七・江戸）の「しつたもの」がある。

4　雪隠（せっちん）

亭主（ていしゅ）、※座舗（ざしき）の雪隠（せっちん）へ行（ゆ）き、あやまつて、※したゝか※踏板（ふみいた）へたれかけ、女房（ぼ(ば)う）へ、「※終（つい(ひ)）ぞない事、

『西のおとし咄』（安永6年）

※折入ての頼み。どうぞ掃除、言付ヶてくりや」と言ふて居る所へ、花見帰りの四、五人、「たゞ御見舞申ス」と、※僕を以てのしらせ。「外の事はこまらぬが、※此後架はどうしませう」と、女房の気の毒がり。亭主、※仕形があると、雪隠の戸へ張紙。「此所大便無用」。

『鹿子餅後篇譚嚢』（安永六年・一七七七・江戸）

※座舗の雪隠　外の雪隠に対して内の雪隠をいう。**したゝか**　たくさん。ひどく。十二分に。**踏板**　しゃがむ時に足で踏む板。**たれかけ**　垂れ掛け。大小便などを排泄したこと。ここでは大便。**終ぞない事**　いままで一度もこんな経験したことがない。**折入て**　特別に心を込めて。**僕**　従えた者。**後架**　雪隠。もともとは禅家で僧堂の後ろに架け渡して設けた洗面所のこと。**仕形**　方法。

此所大便無用

男がいう「終ぞない事」は、過去に体験したことがないという言い訳の言葉である。上方では後架が女房のつかう言葉といわれているが、江戸はともに男女がつかっている。主人は花見に誘われながらも付き合いを断ったのは、腹でもこわしたからであろう。主人が失態をしたところに、花見帰りの仲間が訪ねて来たから困った。女房の「気の毒がり」は、明らかに排泄したものが亭主のものであり、すぐに処理できないからである。人は窮地に追い込まれると、ない知恵が浮かぶことがある。「此所大便無用」の張り紙をしたので、やっと一安心できた。

5　菜売(なうり)

「雪隠(せっちん)へ行たい」を、こらへ〳〵て行く侍(さむ(ぶ)らい(ひ))。※両国まで来(で)、雪隠(せっちん)を方〳〵さがせども見へず。※橋(はし)の際(きは)に※菜(な)うり。色青(いろあを)ざめて、荷(にな)ひの棒(ぼう)にこしをかけて居たるまゝ、「爰(こゝ)らに、せっちんはないか」ときく。菜うり、「わしもたづねますが、ござ(ざ)りませぬ」「そんなら、お身もたつ(づ)ねるか。たつ(づ)ねるものが、なぜ、ぢ(じ)っとして居やる」。菜うり、「立てば、出ます」。

『鹿子餅後篇譚嚢』（安永六年・一七七七・江戸）

※**両国**　両国広小路を指す。**橋**　隅田川に掛かる両国橋。**菜うり**　両国の近くだと小松菜を売る行商か。

立てば出ます

　ここで「雪隠へ行きたい」というのは大便をしたいことである。大便が出そうなので、こらえながら雪隠を探し回って歩く。侍は誰かに聞いた方が早いと思って、橋の際に立つ菜売りに、近くに雪隠はないかと尋ねた。菜売りは色青ざめている様子で、しかも担い棒の上に腰掛けている。菜売りも大便をしたくて雪隠を探したいが、すでに歩くことも立つこともできない。それを、「立てば、出ます」といった。もう限界で動けないという表現がおかしい。菜売りは、「まだ歩けるだけでも幸せだ」といいたいところだが、喋る力すらない。苦しい時はみな同じである。

6　雪陳(せっちん)※(ママ)

「サテ〱京(きやう)の町(まち)はきれいだ、犬(いぬ)のくそがひとつみへぬ」とだん〲行うち、にはかに雪(せっ)陳(ちん)へゆきたくなり、そこ爰(こゝ)見れども裏(うら)※もなし。やう〱と辻(つぢ)雪陳を見つけて、「サアしめ※た」と戸をあけんとすれば、中で、「エヘン〱」といふゆへ(ゑ)、「コレはなさけない※」とそこを出、「ほんに、※おらがほうの小間物やが、たしかこゝらに見せを出したといふ事だ」と、さつそくたづねあたり、「上町の十兵へでござる。※御無心ながら雪陳を、ちとおかし下さりませ」といへば、手代、「おやすいことでござりますが、手まへせつちんは、たてなをしますとて、只今こはしてしまいました」。十兵へ、「これはさて、なさけない」。※そう〳〵に出て行ば、番頭聞つけ、「コレ今のは上町の十兵へどのか、雪陳を、なぜ、かしてしんぜぬ」。手代、「わたくしは、アノ人をそんじませぬから」。ばんとう、「よびかへして、おかし申せ」といふゆへ、手代そとへかけ出、「モシ〳〵せつちんをおかし申ませう」といへば、十兵へ、※半丁程行過、※立すくみになり、ふりかへつて、十、「※かたじけのふござる。モウたれたもどうぜんでござる」。『落咄臍くり金』(享和二年・一八〇二・江戸)

※雪陳　雪隠を「せっちん」と読むので「陳」の字を宛てた。　**裏**　便所。裏にあったから。　**しめた**　よかった。　**なさけない**　酷だ。むごい。　**おらがほう**　自分の店と取引商いをしている。　**御無心ながら**　無理なお願いで申し訳ないが。　**そう〳〵に**　早々に。すぐさま。　**半丁程**　五十メートルほど。　**立すくみ**　たったまま動けない。身動きできない。　**かたじけのふござる**　あり

がたいことでござる。

たれたもどうぜん　「食べたも同然」を洒落る。いまさらいわれても垂れたと同じことである。

垂れたも同然

「伊勢屋稲荷に犬の糞」といわれる江戸に比べて、「犬のくそがひとつみへぬ」というのは、京の町の奇麗さをいっている。汚すことができないと思う心理が、逆に排泄がしたくなった。ようやく見つけた雪隠に人が入っていた。「なさけない」は、まいった、大変だといった困惑状態をいい、窮地に追い込まれた言葉である。半丁ほど歩いたら、もう限界で歩くこともできない状態となった。「立ちすくみ」は、「たちずくみ」の濁音が正しい。「かたじけのふござる」は、ご心配をいただきありがたいの意だが、諺の「遅かれ疾かれ着く所は同じ」のように、いまさら戻っても、もうもたないので「垂れたも同然」といった。落語『**垂れたも同然**』の原作である。新築の家の前で掃除をしているところに、通りがかりの人が「便所を借用したい」というと、「今日越してきたばかりで、主人も使用していないからお断りする」という。『春笑一刻』（安永七年・一七七八・江戸）の「しん宅」

を元にしている。

7　鑓持雪隠の事

※とつと※遠国の者、四、五人づれにて、※花の都へのぼり、※京内参りをする。北野をこゝろざして、※千本通りを上りしが、※焼亡の時に、鐘つく所を見て、「あれは何を商売にする人の家ぞ、さて〳〵長い家じや」と、いろ〳〵※評判すれど※埒あかず。同行のうちに、※かしこだてする者いひけるは、「あさましや、みなは初心者じや。あれをしらぬか、あれは鑓持の雪隠じや」といふた。『当世軽口咄揃にがわらひ』巻二（延宝七年・一六七九・上方）

※**とつと**　とっても。ずっと。**遠国**　田舎。都から遠く離れた国。**花の都**　都の美称。京都のこと。**京内参り**　都見物。**千本通り**　現、京都府上京区にある通り。**焼亡**　火事。**評判**　噂。取り沙汰。**埒あかず**　答えが出ない。**かしこだて**　賢ぶった者。利口ぶった者。

火の見櫓の家

高い建物の火の見櫓を知らない者が、「上に長い家は何だろう」というと、田舎者は見たことも聞いたこともないので答えられない。その中に知ったかぶりの者がいて、「長い家は家ではなく、槍持ちが槍を持って入る雪隠だ」といった。確かに槍持ちは槍を持って用を足すことはできない。その長い槍を持って入れる雪隠が、この建物だという。知らない者の発想は単純明快で、答えはご尤もである。少々利口ぶった、知ったかぶりの者は突拍子もない、考えられないことを平気でいい、しかもそれを押し通す図々しいところがある。そのおかしさが笑いとなる。「鑓持の雪隠」は細長くて小さい家をあざけっていう諺である。また雪隠に長く入っている意味でもあった。町家では町ごとに自身番の屋上または近くに、梯子だけの火の見櫓があった。高さは二丈六尺五寸（約八メートル）で、出火は半鐘を鳴らして知らせた。武家屋敷では盤木を叩いた。方角火消しを命ぜられた大名のところは高さ三丈（約九メートル）、そうではない大名のところは高さ二丈五尺の櫓が許された。

8　※礼記曰父子ハ不レ同レ席（セキヲ）

母おや、※てうず所の戸をあけんとすれば、内より、「エヘン〳〵」と親父のこゑ。女ぼう、「これはごめんなされましヱ。わたくしも、てうずがもりそうで、いそいでまいりましたから」と※かたい女ぼう。亭主に義理をいゝながら、隣の戸をあければ、内よりおさへてあかず。女ぼう、「何か引かゝりてあるそうじや」と※きうにはなるし、はら立まぎれに、ぐひと引あけると、むすこがかほにすじをだして、※いきはるさいちう。母、そう〳〵戸をしめて、「此※はかは、※おへねへ※べらほうだ。人が戸を明るならば、『エヘン』とでもいふものだ」といへば、むすこ、※ぬからぬかほをして、「※親子は咳を同フせずだ」。

『遊子珍学問』（享和三年・一八〇三・江戸）

※礼記　儒家の経典。五経の一つ。礼についての解説、理論を述べたもの。**てうず所**　手水所。御手洗い。雪隠。てうずば。**かたい**　がまんする。または誠実の意か。**きうにはなるし**　さしせまっているので。**いきはる**　息張る。息をつめて腹に力を入れてがんばる。いきむ。**はか**　馬鹿。愚か者。**おへねへ**　負へねへ。どうにもならない。**べらほう**　馬鹿。たわけ。**ぬからぬかほ**　抜からぬ顔。ぬかりはないといった顔。すました顔。とぼけた顔。**親子は…**　『礼記』

の言葉を踏まえる。

エヘン〳〵

女房は急に戸を開けようとした。ふつうなら、「誰か入っていますか」といったであろう。今ではトントンと叩けば済む。「エヘン〳〵」は雪隠に入っている時に、「入っている」を咳払いで合図した。亭主の入っている雪隠の前で尋ねなかったことの失礼を女房は、「てうずがもりそうで、いそいでまいりましたから」と、あからさまにいうところがおかしい。少々下品な言い方だが、ここは漏れそうな状態をいわないと、失礼が認められないからである。つぎは隣の雪隠に入ろうとするが戸が開かない。誰かが内から戸を押さえている。「エヘン〳〵」の咳払いすらいわないで押さえている。強引に開けると息子が顔に筋を立てて息張っている最中であった。家に雪隠が二つもあるという設定は珍しい。『露休置土産（ろきゅうおきみやげ）』巻五（宝永四年・一七〇七・上方）の「蛸を取るにも才覚」の落ちでも「えへん〳〵」という。この笑話をヒントにしたのだろう。『礼記』に、「男女七歳にして席を同じゅうせず、食を共にせず［七年男女、不同席、不共食］」（内則）とある。『俚諺辞典』

（幸田露伴校閲・熊代彦太郎編・金港堂書籍・明治三十九年・一九〇六）には、「小学より出でし語」とする。七歳になったら男女の区別をするという家庭教育の言葉である。『猫に小判』（天明五年・一七八五・江戸）の「雪隠」も同話である。

9　雪隠

※めぐろ参（まい（ゐ））りの道（みち）で、※しきりに大べんきざして、そこらのせっちんへはいった。二けんならびの間（あい（ひ））のかべがやぶれて有ル。となりをひよっと見れば、「ヤ五兵衛か、コレハよい所で逢（あふ（う））た、※めぐろか。ヲヽヤ夫レはそふ（さ（う））と、おぬしは※先（せん）どの所へ、いてみたか」。※きばりごへ（ゑ）にて、「※ウンニヤまだゝ」。『俗談口拍子』（安永二年・一七七三・江戸）

※めぐろ参り　目黒不動尊への参詣。**しきりに大べんきざして**　とても大便の兆しがあって。**めぐろか**　目黒不動尊に行ったのか、またはこれから行くのか。**先ど**　千度。せんだって。先日。**きばりごへ**　力を出す声。**ウンニヤまだゝ**　「まだ行っていない」を「うんこはまだだ（大便はまだ出ない）」を掛ける。

ウンニヤ

目黒不動尊は天台宗東叡山に属した泰叡山瀧泉寺の通称である。三代将軍家光が鷹狩りの途次に立ち寄り、尊崇を受けたのを契機に再興され、一気に不動信仰が高まったという。正月・五月・九月の二十八日の前日は終夜参詣人で賑わった。黄表紙の『金々先生栄華夢（きんきんせんせいえいがのゆめ）』（安永四年・一七七五）は片田舎に住む主人公の金村屋金兵衛が、江戸で一旗あげようと目黒道にある名物粟餅の武蔵屋で、粟餅を注文する間に夢をみる。「まず名にたかき目黒不動尊は運の神なれば、これへ参詣して運のほどを祈らんともう(ま)でける」といい、「運の神」をウンに掛けた一文をみる。

10　※ぶたごなる下男（しもお(を)とこ）の事

ある※身持（みもち）ぶたごなる久七といふ下男、雪隠（せっちん）へゆく。雪隠より久七が声（こゑ）にて、うちのたけをよぶ。たけ、「何事ぞ」とてゆく。「いや別（べち）のことではなひ(い)が、紙（かみ）をたも」といふ。下女（げぢょ）きゝて、「※きやうがることや。紙をもたずして、厠（かはや）へゆくものか」といひければ、「いや〱

もはや紙（かみ）もいらぬぞ、今に※水風呂（すいふろ）へ入（いる）ほどに」といふ（う）た。

『当世軽口咄揃にがわらひ』巻三（延宝七年・一六七九・上方）

※**ぶたご**　夫田夫。身だしなみの悪い者を罵っていう言葉。**身持**　身なり。**きやうがる**　稀有がる。普通ではない。滑稽な。あきれかえる。**水風呂**　下部に焚き口のある風呂桶。据風呂ともいう。

ぶたごの返答

すでに服装からして、だらしない下男の久七。同じ家にいる下女の竹を雪隠の中から、「竹、竹」と呼ぶ。「どうしたのだろう」と行ってみると、「紙をくれ」という。「紙も持たずに雪隠に行くとは、とんでもない呆れた者だ」というと、急に、「もう紙などいらないぞ、水風呂で流してしまうから」といった。風呂で大便をした尻をきれいにしてしまおうとする魂胆には驚かされる。海やプールで小便をする人も同じ類であろう。大便をした尻を紙で拭かずに出るのを、「尻に締まりがない」とか「尻知らず」という。

11　考所（かんじよ）

「せっちんをかんじよといふことは、どふ(う)したもんだの」「あれはしづかなところで、わきへきがちらぬによつて、なんぞかんかへ(が)(え)るには、いつち※せっちんがよいふんべつがてる(で)ものだ。それてか(で)んじよといふ(う)のさ」「そんなら、ふんべつはせっちんでするがよかろ(ら)う」とせっちんへはいりて、ひさしくでずにいる。あんまりひさしいから、あとからいつてみて、「どふ(う)だ、よいふんべつがでたか」といへは(ば)、「※ふんはでたか(が)、※べつはまだゝ」。

『落咄下司の智恵』（天明八年・一七八八・江戸）

『下司の智恵』（天明8年）

※いつち　いちの促音化。いちばん。最も。副詞。**ふんはでたか**　糞は出たが。分別の「分」を掛ける。**べつはまだゝ**　分別の別はまだだ。まだ分別できない。

ふんべつの「べつはまだゝ」

「長い」がつく言葉は評判が悪いもの、嫌われるものにつける。長口上、長尻、長居、長談義などや、笑話にみる長雪隠もある。時間をかける雪隠は他人にも迷惑をかけるが、本人は自由な時間を得たから、雪隠の外（そと）のことなど考えていない。「ふんべつ」を用いた落ちがおかしい。

12　遊所

い（ゐ）なかもの、あそびに行（ゆき）、かへりにわかひ（い）もの、「うらに※御出なされませ」といふ。「おれがはらのくだるを、どふ（う）してしつた」。『富久和佳志（ふくわかし）』（安永末頃・一七七二〜八〇・江戸）

※うら　裏。二度目の登楼のこと。ここは「裏側にある雪隠」と思い込む。

裏の解釈

遊郭に遊びに行ったら二度、三度と行きたくなる。最初を「初会（しょかい）」といい、二度を「裏（うら）」「裏を返す」という。三度は「馴染（なじ）み」といい、初めて遊女が相手にしてくれる。「うらに御出なされませ」は、「裏を返して下さいよ」という意味である。「そうすれば、わたしの指名権が得られますよ。さらに三度となれば床入りとなりますよ」といった言葉が伏線にある。この意味が分からない田舎出の男は、たまたま腹の調子が悪く、「裏にある雪隠へ、さあ行って下され」といわれたのに驚いた。「どうして腹の調子を知ったのか」と不思議がったのである。偶然による勘違いの笑いである。『新落はなし一のもり』(安永五年・一七七六・江戸)にも同話がある。

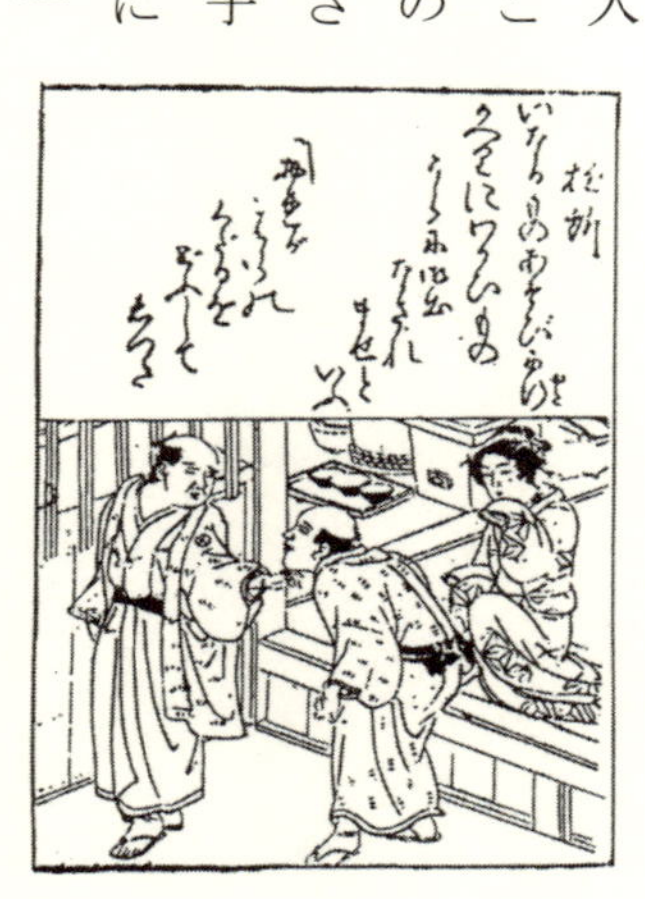

『富久和佳志』(安永末ころ)

II
大便の巻

1　肥※

田舎者、屋敷町を通り、俄に大便をしたくなり、「※辻番へおいて来るのも、おしいのじや」と※ひだりねぢりをはな紙へくるみ、袂へ入れル折ふし、むかふから※肥取りが来る。「これ、肥の※はしたものが有が、買ぬか」。こへ取り、「御屋敷はどこで御座ります」「そんな※おつくうな事じやない、こゝに有ル」と袂から出せば、こへ取り、「それは盗み物じやないかネ」。

『座笑産後篇近目貫』（安永二年・一七七三・江戸）

※肥　下肥。糞尿。**辻番**　武家屋敷や各藩の城下町の辻々に、自警のために設けた番所。辻番所ともいう。**ひだりねぢり**　左捻り。左に捻れた大便。**肥取り**　肥をすくい取る商売。便所すくい。**はしたもの**　中途半端のもの。多くの分量ではないので、少なくて中途半端だがの意。遠慮がちにいったつもり。**おつくう**　億劫。面倒くさい。

左捻り

左に捻れた糞・大便を左捻りといった。いわゆる巻ぐそといわれるものである。なぜ巻ぐそというのか。それは腸が渦を巻いているから、排便する時に巻かれた状態で出てくるというのである。ただし普通は右振りである。ここは左ゆえに性格がひねくれているのを暗示する。「肥のはしたもの」の「はしたもの」は半物と書くように、ほんの僅かな量をいう。「お屋敷はどちらで」というのは、僅かな分量でも商品であるから、丁寧に尋ねたのである。買う以上はある程度の分量とみた肥取りだが、その返答は、「そんな手間は掛けない、ここにある」といって、懐ろに入れてある糞・大便を取り出した。肥取りは、懐にしまってまで大事に扱うのは、きっと盗んできたに違いないと思った。鼻紙に自分の糞・大便をくるんだのを懐にしまっていたので怪しまれたが、こんなことは誰もしない。何でも懐ろに入れる田舎者と左振りの男を嘲笑した笑話である。

2　※丸(まる)の内(うち)

い(ゐ)なかもの、まるのうちをとを(ほ)り、きうにくそが※ひりたくなり、せっちんをたづねてもしれぬゆへ(ゑ)、※かみをた(だ)してひり、すぐにつゝみて、たもとへいれてゆく。むかふ(う)へ※こひ(い)とりがとを(ほ)りければ、い(ゐ)なか、「これ〱こゝにちつとばかりあるが、かつて下され」とだしてやれば、こひ（い）とり、「モシない※せ（しょ）うものは、かわ（は）れませぬ」。

『落咄下司の智恵』（天明八年・一七八八・江戸）

※丸の内　現在、東京都千代田区丸の内。**垂らす**。体外へ排泄する。**かみをたして**　紙の上に出して。排泄後は紙を丸めれば持ち運べる。**こひとり**　肥取り。肥を買う商売。または、その人。**ないせうもの**　内証物。秘密のもの。

『下司の智恵』（天明8年）

内証物

大便の巻の1「肥」と同じ話の別バージョンである。大事なものを袂や懐に入れて持ち歩くのを内証といったのは、秘密にして隠し持っているので盗みものとみたのである。そこで、「盗み物は買えない」といった。また内証には財政、やりくり、懐具合などの意味があるので金銭とも結びつき、「そんな高価なものは買えない」といったともとれる。糞の高い安いは分量にかかわるが、懐から出すものは、ほとんど金銭にならない。しかし、肥取りに声を掛けるのは、「糞を買ってほしい」の声だから、「お住居はどちらでしょうか。ご案内して下さい」というのが普通である。この笑話のように、このような行動をする田舎者は、雪隠で糞をすることがなく、ほとんどが野糞で済ましていたとみられる。江戸に出て来て、処理の仕方に困り、取りあえず紙に包んで、どこかで処理しようとした田舎者の行為を褒めているのではない。糞を買う肥取りを探して金を得ようとしたのである。田舎者という登場人物の設定は物知らず、常識知らずがともなう。行為のすべては常軌を逸していた。懐にしまう行為も、その一つである。

3　くそ

古人のくそをあつめるやつあり。※しう(ふ)しんのきやく、きたつて一らんをこふ。ていしゆ、よろこびて、かうばこやうのもの、いくらともなく、とりいたし(だ)見するに、一つ〳〵にみて、「さて〳〵おどろき入ました。めつ(づ)らしいくそとも(ど)でござります。せつしやも年久しうすき(ぎ)まして、大か(が)いは、めきゝもいたしまする。ちとあてゝみませうかな」といへば、「それはおたのもしい義でござります。せつしやもしゆぎやうのため、いざおめきゝをうけ給はりましたい」「まつ(づ)このくそは、じだいおよそ六、七百年、しかもゆ(い)うある大しやうのくそ。しかし、たびにくるしんた(だ)そ(さ)うがこ(ご)さ(ざ)れば、大かた、源のよしつねのくそて(で)こ(ご)さ(ざ)らふ(う)やと存ます」「成ほと(ど)、よしつねのくそでござります。おめきゝ、いや※しんのごとし」「さて、このくそはさむ(ぶ)らい(ひ)か、とぞんずれは(ば)、ぼ(ば)うずくさい所もみへ(え)、これもつわ(は)ものゝのくそ。じた(だ)いもよしつね同じた(だ)いとみへ(え)ます。これは弁慶がくそではござりませぬか」「弁慶でござります。※御功者のほど、かんしんいたしました。とてものことに、此くそもうけ給り(ママ)ましたい」「ハア、これはむつ(づ)かしい。ちとしれかねます」「夫は此方でも色々吟味いたしますが、しれませぬ。これも弁慶同様て(で)、出家と武士とひりまぜ、いかうくらいがあつて、うづ高なくそ。少しけづつてみましては」「そつともくるしうござりませぬ」「しからば」とけづり、「扨こそ、しれました〱。これは※さいめ(みや)うじのくそでござります」「してまた、それはなにとしてしれました」「ハテけつ(づ)つてみた所が、ちら〱と中にあわ（は）がみへ（え）ます」。

『頓作万八噺』（安永五年・一七七六・江戸）

※**しうしん**　執心。物事に心が強くひかれる。執着。

しんのごとし　神のごとし。神業のごとし。ここでは人間業とは思えないほどの目利き。　**御功者**　実に物事を見極めることのできる巧みさをもつ者。

さいめうじ　最明寺。北条時頼が建立した鎌倉山ノ内にあった寺。時頼はこの寺で出家し、最明寺入道といわれた。謡曲『鉢木（はちのき）』の中で、旅の僧の時頼が下野国（現、栃木県）の佐野荘のあたりで雪に降られ、佐野源左衛門尉常世の家に宿を借りる。貧しい家のこととて粟飯しか出せず、大事な鉢木を火にくべて暖をとった。

『頓作万八噺』（安永5年）

古人の糞

この笑話の元は、『話稿鹿の子餅』（明和九年［安永元年］・一七七二・江戸）の「糞」である。ほぼ同じ長さをもつ笑話だが、部分的な文を省略する。文が長くても展開の面白さが再出の理由である。古人の糞を収集する癖のある人物のところに、糞を目利きする者が、誰の糞であるかを当てようとする。少し眉唾的な話だが、どこまでをごまかし、それをどのように説明するのかが話の焦点である。読み手は馬鹿馬鹿しさを承知で読み、うまく落ちがまとまればよいのである。落ちの「粟が見へます」の粟飯は、謡曲『鉢木』を知らないと分からないが、江戸時代には謡曲の版本が多く出ているので、いくつも謡曲の文句取りが用いられた。文中に、「くるしんだ」「ぼうずくさい所」「ひりまぜ」「うづ高な」などと、糞にまつわる言葉を散りまぜているところが面白い。

4　茶人(ちゃじん)の目利(めきゝ)

道具(ど(だ)うぐ)や、茶人の所へゆき、「※しごく※ちんぶつがござりまする」といふ。茶人、きいて、

「どれ、みせ給へ」「サアごろ(ら)うしま(じ)せ」といひながら、はこのひもをとき、むらさきのふくさにつゝみし香ばこをいだし、「このなかをごろ(ら)うじませ。利久のくそでござりまする」「どれ〳〵ヲヽいかさま、ふるみのあんばいといひ(い)、これは利久に相違あるまいが、しかし、あづきはのちに付たものとみゆる」。『当世口合千里の翅』(安永二年・一七七三・江戸)

※しごく　至極。まったく〜だ。とっても〜だ。この上なく〜だ。**ちんぶつ**　珍物。珍しい食べ物。**ごろうしませ**　ごらん下され。**香ばこ**　香を入れる箱。香合。**利久**　千利休。安土桃山時代の茶人。千宗易。茶道千家の祖。**いかさま**　いかにも。**あんばい**　塩梅。ほどあい。加減。**のちに付た**　最近付けた。

利休の糞

「ふるみのあんばい」とは時間の経った古さをいう。いかにも古く見える状態は干からびているのか、それとも形に特徴があるのか。笑話であるから、いくらでも想像できる。しかも、それを尤もらしくいうところがおかしい。『頓作万八噺』(安永五年・一七七六・江戸)の「くそ」と同話である。『下司の智恵』(天明八年・一七八八・江戸)の「茶人」では、道具屋の別の話を前半に置き、その後に同じ話が展開する。利休の糞は香箱に入っている。香りと糞との結びつきは、すでに、『今昔物語集』の巻三十・一の「平定文（たひらのさだふみ）、本院侍従仮借語（ほんゐんのじじゅうにけさうすること）」にみられる。「おづおづ筥の蓋を開けたれば、丁子の香極く早う聞（か）がゆ、心も得ず怪しく思えて、裏（つつ）み筥の内を臨けば、薄香（うすかう）の色したる水半（なか）らばかり入たり。亦、大指の大きさばかりなる物の黄黒ばみたるが、長さ二、三寸ばかりにて、三切ばかり打ち丸（まろ）がれて入たり云々」。便器の中から丁子の香りがするとある。

『下司の智恵』（天明8年）

5　はなさきおとこ（を）

「むかしのはなさきぢゞィは、はいをまいて、はなをさかせたといふこと。それよりはぐつとめつ（づ）らしい。へをひつて※、はなをさかせる。それはけんぶつこ（ご）とだ」とよひ（び）よせたところが、かのおとこ(を)、にはのむめのきのもとへゆき、しりをまくってひると、むろざきな※とは(ど)おもひもないこと、一めんにはながさいた。みな〱、「これは〱きめうなことだ」といへは(ば)、かのおとこ(を)、「こればかりではない。このはなのあとを、おめにかけよふ(う)」といへば、そばから、「コレ〱みはごめんだ※」。

『落咄下司の智恵』（天明八年・一七八八・江戸）

※ひつて　放って。体外へ放出する。　**むろざき**　室の中で草木を温めて早く花を咲かせること。　**みはごめんだ**　屁の後は実（糞）となるからお断りだ。

放屁男

「このはなのあとを」は予想できない珍しいことの披露をいうが、見ている者たちは、屁のつぎは糞となるので、「みはごめんだ」といった。

放屁男(ヘッピリヲトコ)の「昔語花咲男」が、江戸両国橋西広小

『下司の智恵』（天明8年）

路の見世物に登場したのは、安永三年（一七七四）四月であった。「梯子屁・数珠屁・三番叟屁（トッハヒヨロ〳〵ヒッ〳〵）・鶏東天紅鶏屁（ブ、ブウブウ）・淀の水車屁（ブウ〳〵）」などの曲屁（きょくべ）を演じた。その後、京都四条河原や大坂道頓堀でも興行をし、ふたたび安永六年に江戸にもどって、名を三国福平と改め、采女ケ原（木挽町四丁目東の馬場）の小屋で興行した。風来山人こと平賀源内は狂文集『放屁論』で、この男を主人公にしている。序文に、「(前略) 狐鼬鼠（キツネイタチ）の最後屁（サイコ(ゴ)ヘ）は、一生懸命（ケンメイ）の敵（カタキ）を防（ス(フ)セ）ぐ。人として放（ヒラ）ずんば獣（ケモノ）にだも如（シカ）ざるべけんや。放（ヒッ）たり嗅（カイ）だり屁（ヘ）たる君子（クンシ）ありといへば、強（アナカ(ガ)チ）これを賤（イヤ）しむべからず云々」とある。また跋文には、「漢（カラ）にては放屁（ホ(ハ)ウヒ）といひ、上方にては屁（ヘ）をこくといひ、関東（クハントウ）にてはひるといひ、女中は都（スベ）ておならといふ云々」とある。

6 ［はこ］

※くわんば(ぱ)くひでつぐ公（こう）の※おはなしの衆（しゅ）に、※そろりと申もの、あまりよくはなしを仕候ゆへ(ゑ)、ある時、はなしにつまり候やうにとおほ(ぼ)しめして、あさのねおきに、いまだかほをもあら

はず、めをするくとりみだしたるていにてありけるに、「何かはなし□□※」と仰せられければ(ば)、にはかにつまりて、ゆめ物かたり※をかたり出しけるは、「さてもこよひ、ゆめを見て御座(さ(ざ))候か(が)、ある所へゆき候へば(ば)、道にこがねがおびたゞ(だ)しくおちて御座候ほどに、『さてもうれしき事かな』と存(そんし(ぞんじ))、おもふぞんぶんにひろひ申、かへる所へ、おとしたるぬしきたりて、「とりかへさん」とおひかけ候ほどに、あせ水※になりてにげ候へど(ど)も、すでにおいつきさうに御座候とき、あまりめいわく※いたし、はこ※をたれて御座候が、目さめて、かのかねをさぐりてみれ共、かねはあとかたちもなくて、はこはした※ゝかたれてあつた」と申あげ(げ)た。『きのふはけふの物語』上巻（元和頃〜寛永頃・一六一五〜四三・上方）

※くわんばくひでつぐ 関白秀次。豊臣秀次。秀吉の養子。淀君との間に生まれた秀頼の誕生によって高野山に追放され自害を命ぜられた。文禄四年没。**おはなしの衆** お咄の衆。殿様などの側近で話相手をつとめた者。**そろり** 曽呂利新左衛門。秀吉、秀次のお咄衆。泉州堺の刀の鞘師で、頓知に長けていた人物としての逸話が多い。**□□** 別本により、ここは「申せ」または「一つ」とみられる。**ゆめ物かたり** 夢で見た話を醒めた後に物語ること。**あせ水になりて**

汗水を流すほど必死になって。**めいわくいたし**　困ってしまい。**はこ**　糞。「はこ」は小児が用いる言葉。**したゝか**　たくさん。

夢の糞

この笑話は、曽呂利(そろり)説話の一つとして知られている。『雄長老狂歌百首(ゆうちょうろうきょうかひゃくしゅ)』には、夢と題した「かね拾ふ夢はゆめにて夢のうちに　はこすると見し夢はまさ夢」の歌が載る。落語『夢金(ゆめきん)』は同想である。船頭の熊蔵が寝言で、「百両ほしい、二百両ほしい」とうなっていると、娘をつれた侍が、「深川まで船を出してほしい」という。「酒代をはずむなら出る」といって大川に出ると、侍が、「この娘はしゃくで苦しんでいるところを助けて、連れてきた。七、八十両もっているから殺して山分けにしよう」との相談を持ちかける。「中洲でやろう」といって中洲に船をつけ、侍に先に降りてもらった瞬間、熊蔵は船を川中に戻して娘を助ける。娘の家に届けてお礼の包みをもらうと百両。「しめた」としっかりと大金をつかむと、あまりの痛さに目が醒めた。気が付くと船宿の二階で、自分の急所をきつく握っていた。夢は現実で叶わぬことが叶う世界である。夢を持たない人は心豊かな人ではないという。夢が魅力的なのは、叶えたいことが夢の世界では叶うからである。

7　こばし過(すぎ)てち(じ)しよく

※一もんふ通(つう)の人に、※こばしたがる人有。春(はる)の時分、きやくあり。きやく庭(には)を見渡して、「さて〳〵見事の花(くわ)だんて(で)ござる。うら山しき事かな」といへば、「あまりうら山しく思召な。花前(くわぜん)ゑ(へ)諸鳥(しよてう)がまい(ゐ)つて、ばふんをするにこまりました」。

『はなし大全』上巻（貞享四年・一六八七・上方）

※一もんふ通　一文不通。「一文不知」と同じ。一文は一字の意。一字も知らない。無学文盲。**こばしたがる**　気の利いたふうをする。

鳥が馬糞する

物を知らないというのは、物の言い方の区別すらつかないのである。花壇をつくったところ、いろいろな鳥が遊びにくる。それはとてもいい光景だが、その鳥たちが糞をするので困った。それを「諸鳥がまいって、ばふんをするにこまりました」という。鳥の糞を馬糞というのは、馬と鳥の糞との区別ができないのである。聞き手は、「驚いたことをいう」とか、「何をいっているのか」とかといった会話にならないで終える。「とんでもない、物知らずの男だ」と思うかどうかは、読み手のとらえ方となる。馬鹿の一つ覚えが墓穴を掘ったともいえる。笑話に登場する物知らず、言葉知らず、知ったかぶりへの質問の答えには驚かされる。それを知っていて、からかう人もいるが、無知は無知なりの返答に面白さがある。落語の与太郎はその代表格である。

8　芸者

芸者二人づれにて座敷より戻りけるに、夜はもう八※つ時分。「モシおもんさん、わたしは※後架へ行きたい」「ヲヤ爰らはお屋敷で後架がない。其※溽のはたへしな、誰も見はせず、早く〳〵」といふ内に、もう急になれば、おふきは※尻ひんまくり、快くたれてしまひ、「おもんさん、紙をくんな」「是はし※たり、わたしも紙をつかひきつた。よし、その※唄の本の※末の白い所を引裂て拭な」「アイ」と末を引さいて拭て、連立帰る。翌日、お屋敷(やしき)の溽(どぶ)の端(はた)に、大糞(おほぐそ)の上(うへ)に紙に※書付(かきつけ)がある。「※此主、ふき」。

『興話飛談語(とびだんご)』（安永二年・一七七三・江戸）

※八つ時分　午後十時前後。**後架**　雪隠。**溽のはた**　溝の端。**尻ひんまくり**　尻を勢いよくまくる。ひんまくりは引捲るでまくることを強めるいいかた。**したり**　困った。**唄の本**　唄の稽古本。**末の白い所**　唄本の文字のない白い頁。**書付**　書き記したもの。**此主、ふき**　唄の本の持ち主のふき。

稽古本の持ち主

芸者の「おふき」は、尻を紙で「拭き」を掛けた名である。急に外で糞をしたくなって、いわゆる野糞(のぐそ)をする。気分爽快になったが紙を切らしていた。もう一人の芸者おもんは紙をつかいきってしまってない。そこで「唄の稽古本を破いて、その紙で尻を拭けばいい」といわれて、無事に用を足した。翌日、糞をした場所の屋敷の溽の端に、驚くほどの大糞があり、その上に拭いた紙があり、紙には「此主、ふき」の書き付けがあった。「この大糞をしたのは、ふきですよ」を明らかにしていた。尻を拭く紙が持ち主の名を書いた頁であるのがわからなかったのである。美人の芸者の大糞という設定がおかしい。唄の本の表紙、または裏表紙に持ち主の名を書いた紙を用いた。それを「大糞の上に紙に書付がある」といっているのが面白い。

9　あくたい※

「ばかなつらじ(ぢ)やねへ(え)か。※くそのにへ(え)たもしらねへ(え)で」「うぬは、そしてくそのにへ(え)たをしっているか」「しらねへ(え)で、ど(ど)ふ(う)するもんだ」「そりやは、※どふ(う)して」「たまごのふわく※で」。

『落咄下司の智恵』（天明八年・一七八八・江戸）

『下司の智恵』（天明8年）

※あくたい　悪態。憎まれ口。「あくてえ」ともいう。**くそのにへたも…**　諺「糞の煮えたも知らぬ」。「芋の煮えたもご存じない」をもじったことば。芋の煮えたかどうかが判別できない意。世間の事情にうとい無知や常識のないことをあざけっていう語。**どふして**　どのようなものだ。**ふわ**

く　鶏卵をといて熱い出汁の中でかきまぜた料理。

ふわふわ

「くそのにへたも知らぬ」は知ったかぶりでいることをいう諺である。知らないで使っていると思われては、何をいわれるか分からないので、糞の煮えた状態はコロコロとして浮いたものと考え、それが卵の「ふわふわ」に似ていると想像して、そのようなものといった。ふわふわは、「玉子のふわふわ」「ふわふわ玉子」の略でもあり、また、「ふわふわ舟」というと糞尿運搬舟のことでもあった。玉子と糞が結びつくのは、こうした言葉の縁による。「ふわふわ舟」は桶などの上部に糞がふわふわと浮くからである。

10　[仁王経]

※うつけらしき坊主のかたへ、折ふしは出入りする※農人(のうにん)ありし。※道ゆきぶりにあひ逢ふ。見れば※不浄をになへ(え)り。くだんの出家、「そちは骨折や、今より後、※かまへて田畠(たはたけ)に糞(こやし)をせんと※思ふ(う)なの。その代(かはり)に、われが※仁王経(にんな(わ)うぎやう)をよまうぞよ」。

『醒睡笑』巻一「鈍副子」（寛永五年・一六二八・上方）

※うつけらしき坊主　愚かな坊主。間抜けな坊主。**農人**　百姓。**道ゆきぶりに**　道すがらに。**不浄**　下肥。**になへり**　担う。かつぐ。**かまへて**　決して。**思ふなの**　思わないで。「の」は〜で。**仁王経**　「仁王護国般若波羅密経」と「仁王般若波羅密経」の二種がある。「担う」と「臭う」を仁王経にかける。

仁王経も臭う

糞を「こやし」と読ませている。肥やしは糞尿だから、運ぶことの「担う」と匂いの「臭う」を掛けて、同じ担う・臭うだから、お経の「仁王経を読め」といった。鈍なる僧は血のめぐりの悪いうつけ坊主である。うつけを「腑のぬけたる」ともいい、はらわた、こころがない人物とみられた。修行しない無智の僧とは異なり、もともと頭が足りない。同じ担う・臭うものなら、「われが仁王経」も糞の臭うと同じお経となる。洒落たつもりが有り難いお経を品のないものにしたのに気づいていない。

Ⅲ 小便の巻

1　武士

※江戸はつ詰の国侍、女郎かいに行て、座敷へあがれば、跡から若ィものが付て来て、「ハイ御大小を」と手をいたせば、「大小をどふするのだ」「ハイお遊びなさるうち、おあづかり申まして、おかへりの節、お返し申ます」「フウそんなりや、せわながら」と大小をぬいて渡して遊びけるが、ほどなく子共を頼み、若ィものを呼いたし、「コレ先刻預ヶた大小の内、脇ざしばかり、ちつとの内、だしてくれやれ」。若ィもの聞て、「何になされます」「イヤちよつと小用にゆきたい」。『富来話有智』（安永三年・一七七四・江戸）

※江戸はつ詰　初めて江戸詰め。江戸詰めは参勤交代の制度に基づき、諸国の大名、家臣が江戸の藩邸に勤めること。江戸番ともいう。**国侍**　地方の侍。田舎侍。「くにつ」と読ませているのは、国の、国土のことを地方と解釈しているからであろう。「ほう」は方向、方面、方角のことで、田舎の方角にいる侍の意味をいっている。**若ィもの**　女郎屋の客引きをする若い衆のこと。牛、妓夫という。**大小**　大刀と小刀のこと。**せわながら**　お世話をかける。よろしく頼む。**子共**　女郎に仕える少女。禿のこと。**脇ざし**　脇差。小刀。**小用**　小便。せうよう。

田舎侍

田舎侍、田舎武士といえば、物知らずであるので嘲笑の対象となった。田舎侍は着物の裏に質素な浅黄(あさぎ)木綿を付けて、遊郭に出入りしたので浅黄裏(うら)の客といわれ、それが略されて浅黄ともいった。さらに武左(ぶざ)ともいわれた。武左とは武士の擬人名の武左衛門を略したものである。遊郭の遊び方が分からないだけではなく、言葉遣い、立ち居振る舞いも雑であり、野暮の代表とされた。女郎のほうも最初から馬鹿にした態度で接する。遊郭の規則では大小の刀を登楼する時に預ける。いつものように刀を持ったり差したりしないと歩けないという田舎侍であるので、「刀を出してほしい」といった。小便に行くのに刀がないと困るというからおかしい。田舎侍は江戸土産の話として遊郭で遊ぶが、初めての遊郭となると、何から何まで知らないから、失態の連続となる。

2　もゝ引

田舎(い(ゐ)なか)者、もゝ引※やへ行キ、「此もゝ引は、なんぼ※シ申ス」。亭主、「アイそれかへ(え)。それは壱〆弐百で御座りやす」「そりやあ、げゐ※に高ふおんじやるの、五百ば ありに、まけなさらふ」「そふいわずと、もつと※買ひなさい」「そんなら、もふ五十も遣りますべいか」「口あけ※だから、まけやせう」「ハ銭がたりもふさぬ。帰りに寄りますべい」「朝商ひだから、小便※をしなさんなよ」「ハテむつかしいもゝ引だァ、モシ小便※のならねェもゝ引なら、入りもふさぬ」。

『座笑産後篇近目貫』（安永二年・一七七三・江戸）

※もゝ引や　股引を売る店。**なんぼ**　どれほど。いくら。**げゐに**　めったにない。「けうに」の誤記とみられる。「げうに」ともいったか。**おんじやる**　おじやるの撥音便。有るの丁寧語。**もつと**　ひとつ一気に。ぐっと売値で。**口あけ**　店の開け始め。ここは朝の商い。**小便**　商品を買わないこと。**小便のならねェ**　小便することができない。

小便のできない股引き

「小便をする」とは、いったん約束した売買を一方的にとりやめることである。商売の始まりの朝早々から「小便をする」客人に会っては困る。「小便はならない」というと、その意味が分からない客は、「小便のできない股引きなら必要ない」という。言葉知らずのズレは不合理の笑いともいえる。文の流れからはまったく問題のない合理的な会話をしているが、田舎者が商売用語を知らないことにズレを発している。『珍話金財布』（安永八年・一七七九・江戸）の「股引き」も同話である。元は『露休置土産』巻二（宝永四年・一七〇七・上方）の「小便の了簡ちがひ」である。落語『道具屋』の原作となる。登場人物の与太郎は、言葉の意味の分からない田舎者と同じ性格を持っている。「小便をする」を符牒とすると内輪の言葉となるが、はたして符牒を知らないのを物知らずにするかどうかは疑問となろう。すでに、『正直咄大鑑』（貞享四年・一六八七・上方）の「かふてしやうべん」の冒頭にも、「商人の売物にねをつけてまけたるとき、かわぬを江戸ことばに、しやうべんのするといふ」とある。すでに一般語になっていたなら、符牒を知らない田舎者は、やはり物知らずとなるか。

『露休置土産』巻二（宝永4年）

3　小便たご※

※こいたごに青菜※(な)をいれ売歩行(うりあるく)。或(ある)女房、「これな、菜(な)よ」とよんで(で)、「ア、是はこいたごにいれてきたの。きたなひ(い)、いや〱」といへは(ば)、「ナニサ洗(あら)へは(ば)よくこ(ご)ざります」「あらつても皮(※かわ)をむくではなし、きたない、買(かう)まい」といへは(ば)、「ソウいわし(は)やりますな、江戸では小便(へ(べ)ん)たごで酒をうります」。　『新口稚獅子(おさなじし)』（安永三年・一七七四・江戸）

※小便たご　小便担桶。肥料用の糞尿を入れて田畑などに担いで行く桶。こえたご。**こいたご**　肥担桶。尿を入れる桶。「こい」は「こえ」のイ音便。**青菜**　小松菜・ほうれんそう・蕪など。**皮をむく**　菜には皮がない。皮を剝けばまだいいが、染み込んでいる状態である。

こいたごと小便たご

肥担桶に野菜を入れてきたのは、野菜が肥えの代金にされていたからである。肥担桶の中に食べるものが入っているのを汚いといっても、肥があって野菜はできるのだから、これを汚いというのはどうか。「洗って食するのだから汚くない」「いや皮をむくわけでないから汚い」と論じると、「江戸では小便担桶で酒を売っていますよ」の落ちをいう。小便たごは担桶を利用したもので、小便が入っているわけではないから異なる。この江戸とは江戸城大手御門前のことをいう。ここには下馬（大下馬といった）の立て札があり、馬に乗っている者は馬から降りて、歩いて江戸城に登城した。馬を曳いてきた者たちは、ここで馬上の主人の帰りを待つときに、小便たごで酒を売った。

4　格子※

天狗(てんぐ)、吉原※へ行。兎角(とかく)どの見世※を覗(のぞい)て見ても、格子(かうし)へ鼻(はな)がつかへ(え)て、ろくに見へ(え)ず。是非(ぜひ)※なく格子の間へ鼻を入れると、禿(かぶろ(が))※か見付、「モシ麁相(そさう)※な、爰(こゝ)は小用所(せうよう)※では有んせん」。

『高笑ひ』（安永五年・一七七六・江戸）

※格子　遊女屋の表通りに面したところに格子を設けた。**吉原**　浅草日本堤千束にあった遊郭。公許の遊里。**見世**　遊郭の張り見世。**是非なく**　むりやりに。強引に。**禿**　遊女に仕えて見習いをした六、七歳から十三、四歳くらいまでの少女。**麁相な**　不注意な。**小用所**　小便所。

天狗の鼻は長い

天狗の鼻は長いから格子の間に鼻を入れないと、女郎を間近に見ることができない。女郎たちは店の格子のある部屋で、客の見立てを待っている。こうした女郎を格子女郎といい、大夫（たゆう）の次、局（つぼね）の上の位の女郎たちをいった。鼻は男の一物を指す。俗に鼻が大きいと一物も大きいという。『新落はなし福の神』（安永七年・一七七八・江戸）の「天狗」も同話である。

5　雪ふり

夜（よる）、小べんに起（を（お）き）て、戸を明（あけ）んとすれども、※宵（よひ）より雪（ゆき）ふり、こをり（ほ）付てあかず。「能事（よき）を思ひ出しだ（ママ）り」と敷居（しきゐ）のみぞへ、小便（べん）をしかけければ、※心安（やす）く戸（と）も明（あ）き、外（そと）へ出でたれば、何（なに）も用か（が）なひ（い）。　『高笑ひ』（安永五年・一七七六・江戸）

※宵　午後八時前後。　**心安く**　簡単に。たやすく。

小便で戸を開ける

凍りついてしまった戸を開けるのは大変である。ましてや、すぐにでも小便がしたい。

戸を開けなければ、外にある雪隠へ行くことはできない。そこで知恵を絞り、温かい小便をすれば戸が開くだろうと考える。一滴でも無駄にしないために必死に小便をする。ここで用を足してしまっては、いったい外へ出る用は何だったのかが笑いとなる。宵から降る雪によって、時間とともに寒さが増し、雪が家の戸などに降り掛かると、雪が解けて凍りつく。小便をする男が長屋に住んでいたら、外の雪隠は長屋の路地の突き当たりだから、行くのが大変である。この笑話は、『話稿鹿の子餅』（明和九年［安永元年］・一七七二・江戸）の「小便」が元になっている。『頓作万八噺』（安永五年・一七七六・江戸）の「小便」も同じ笑話である。

6 ［辻番］※

これも、さる処の辻番（つじばん）のことさ。やろ（ら）うが来て、辻番のわきへ小便（しやうべん）をしける。辻番のおやぢ、此

『頓作万八噺』（安永5年）

音をきくより棒をさげて、「コリヤおのれ、にくいやつ。そこは小便する所ではない」と目のてるほどしかられて、「ハイこれは麁相いたしました、御免なされ。私も随分気を付ケましたが、コレ是を御らうじませ。こゝに小便をした跡がござりますから、つゐ、わたしもいたしました」といへば、「※馬鹿つらめ、それはたつた今、しかつた跡だ」。

『聞上手二篇』（安永二年・一七七三・江戸）

※辻番　原文は「其二」。**目のてる**　「目の玉が飛び出る」の略。飛んでもなく、ひどくの意。**馬鹿つらめ**　馬鹿っ面め。ばかつらの促音。何を馬鹿なことをいうのだ。馬鹿者。相手に対して嘲り罵っていう語。

叱った跡

辻番は武家屋敷の辻に設けた街上警備の番所である。町方では自身番といった。なぜか辻番には越前出身の者が多かったという。この辻番の脇は小便をしやすい場所だったのか、それとも暗い場所だったのか。小便のした跡を「しかつた跡」という番人のいい方が面白い。悪いことであっても、やたらに男は立ち小便をする。まったく罪の意識がない。最近まで、よく塀に「この所小便無用」「立ち小便お断り」などと書かれているのがみられた。塀に文字を書くのは、いつも立ち小便をされるからであろう。男からいうと、小便したくなる塀なのであろう。笑話の「辻番のわき」も同じであった。小便をしたことが分かると何とかごまかす理由をいうが、番人の方が一枚上手であった。番人は老人が多く、手に六尺棒をもって警備している。小便をして逃げても追いかけてこないし、また小便の音などは耳が遠く、聞こえていないと思うから、わざと「辻番のわき」でするのではないかと思われる。どうも計算の上での立ち小便とみられる。

『珍話金財布』（安永八年・一七七九・江戸）の「辻番」に同話をみる。

7　※御門札（ごもんふだ）

若殿（わかどの）の※うは気（き）を見込※に、毎日（まいにち）〳〵妾（めかけ）の※目見へ（めみへ（え））、御家老（からう）※石部（いしべ）金太兵衛どの、ほとんどもてあ※ぐみ、

書名・年代不詳

※魚鳥留（ぎょてうどめ）の札のうらに、※墨（すみ）くろぐと書付て、御門（もん）に立てける。「此所※小便組無用（せうべんぐみむやう）」。

『うくひす笛』（天明年間・一七八一～八八・江戸）

※御門札　門の前の立て札をいう。**うは気**　浮気。浮ついた性質の持ち主。**見込に**　気をつけて。注視して。**目見**　妾にするための面接。**石部金太兵衛**　石部金吉を捩った名か。石部金吉は硬い石と金を並べた擬人名。きまじめで物堅い人。とくに女色に迷わされない人、または融通のきかない人をいう。**もてあぐみ**　うんざりする。**魚鳥留**　徳川家康の命日の四月十七日は大精進日で、前日の夕方七つ（午後四時前後）から十七日同刻まで武家は、すべて魚鳥留めであった。その札を出した。**札**　立て札。**墨くろぐと**　墨つきを濃くして。**小便組**　明和安永ごろの悪質の妾で、前金で支度金をもらって妾奉公に出ておいて、わざと適当な時期に寝小便をして暇を出させる常習者。縁を切らせるように仕向けた。一種の詐欺行為をした女のこと。しょんべん組ともいう。「此所小便無用」を捩る。

小便組

「此所小便無用」の無用は禁止をいう。笑話は悪い妾の小便組が多かったのを踏まえてつくられている。この小便組の断りをいうのに、「此所小便組無用」と書き付けた。あえて、「墨くろぐと」書いたのは、その怒りを、「墨たっぷりつけて」といったのである。小便組は手水組・おしし組などともいい、川柳にも、「お妾は小便無用じろりと見」（柳多留拾遺二）をみる。『楓軒偶記』巻三（文化四年・一八〇七）には、「少婦ノ容貌絶美ナルモノヲ売テ大家ノ妾トシ、主人ト同ク寝処シ、小遣ヲ漏ラサシム。主人患ヘテ退カシムレバ、終ニ其金ヲカヘス事ナシ。又、数処ニ転売シテ如此」と書かれている。

8　馬士

馬、立とまりて小便をする。馬士、「此ちくせうめは、日の短いのをしらねへそふだ」。馬、ふりかへり、「何、馬士じやァ有ルまいし」。

『楽牽頭後篇坐笑産』（安永二年・一七七三・江戸）

※馬士　馬方。　**日の短い**　まもなく日が暮れる。

馬の一本勝ち

馬の小便は大きな音をたてて垂らし、その垂れる時間も長い。馬士がいうように、「日が短いのを知らねへそふだ」は、「時間がかかっては、帰りが遅くなるのが分かっていないな」である。「道草なんか、くっていられないよ。冗談じゃねえ」と馬に文句をいったまではよかったが、逆に、馬から文句をいわれてしまった。「よくまあ、勝手なことをいう奴だ。今日こそ、ひと言いってやろう。おまえこそ冗談をいっちゃいけねえよ。自分を棚に上げて、よくいうね」といい、鬱憤を晴らすように、「何、馬士じやァ有ルまいし」ともつけ加えた。馬が喋るところが笑話だが、ここは馬士の口の言い方の悪さだけでなく、歩きながら小便をすることを知る馬は、「お前よりは、おれのほうが立ち止まるだけでもましだ」と皮肉られた。

9　寒国(かんこ(ご)く)の大咄の事

師走(しはす)に、二、三人よりてゐたりしが、「当年はいかふ(う)※寒(かん)じまする」といふ。一人、「いや、是が寒ずるではござらぬ。加賀(かゞ)のあたりはぎやう※さんに、かんじまする。酒など(ど)ははかりて売(うる)事はならいで、※あんでうる」といふ。「是はつゐ(ひ)にきかぬ事でござる、いかやうにいたす」といへば、「先酒(まづ)をつぎて、板(いた)の上をながせば、それが氷まするを、かたはしから※おこして、あんだ物でござる。又、小便(せうべん)なども、たゞする事はならいで、※するぎほどな木をもちて、打おり(を)てせねば、小便が※さほ(を)になる」といふ。又、一人、「それはさほどな事でもござらぬ。越後(ゑちご)のかたは※ぎやうな事。あるとき、侍(さふ(ぶ)らひ)が両方より馬に乗(のり)て行(ゆき)あひ(い)、しばし咄をしてゐましたが、二疋(ひき)の馬が一どに小便をしましたれば、其小便が氷て、馬が、※りんと※いてつきたを、※手桙(てこ)でおこしました」といふ(う)た。

『軽口大わらひ』巻三（延宝八年・一六八〇・上方）

※寒じまする　寒さが身に染みる。**ぎやうさんに**　仰山に。とっても。大いに。**あんで**　編んで。**おこして**　元の状態にして。**するぎ**　擂木。**さほ**　竿。つらら状になること。**ぎやうな事**　仰な事。とんでもない事がある。もっとすごい事がある。**りんと**　凛と。寒気の厳しいさまをいう。**いてつき**　凍りつく。**手桙**　梃子(てこ)。棒の途中においた支点を中心に棒が自由に回転して、小さい力を大きな力に、小さい動きを大きな動きに変えるものをいう。

大きなほら話

馬の垂れた小便が一気に凍りついたから大変である。それを手桙で取るというのは大袈裟なほら話である。加賀の摺木よりも越後の手桙のほうがすごい、といった馬鹿馬鹿しい嘘が、どんどん大きくなってしまう展開となる。落語『弥次郎』の原作の一部でもある。

10　有馬の身すぎ

何をしても、はだかで居て、くふほどの身すぎやある。「何がな、あたらしい事仕出して、すぎはひにせん」と竹どいに気を付て、竿竹のふしをぬき、有馬へゆきて大ごゑあげ、「二階から小便させふ」といひあるけば、湯入衆きゝて、「是はあたらしい」とよびけるに、くだんの竹を、そとから二かいへさし出す。「是は竹がほそい」といへば、「がてんで御座る」とふところなるじやうごをはめて、さし出したり。

『軽口御前男』巻四（元禄十六年・一七〇三・上方）

※**身すぎ**　身の境遇。**すぎはひ**　生業。生計のための職業。なりわい。**竹どい**　竹でできた樋。

気を付て　気づいて。**有馬**　現、兵庫県神戸市の有馬温泉。六甲山麓にある畿内最古の温泉。**湯入衆**　湯治客。**あたらしい**　変わっていて面白い。**ほそい**　筒が細すぎて一物が入らず、うまく小便ができない。**じやうご**　漏斗。口の狭い容器。らっぱのような形で、細い先に瓶などの口を差し込み、上から液体などを流し入れるためにつかう。ここでは尿を流し込む。

竿竹に漏斗

漏斗を利用して小便を竹筒に通させる商売を考えた、この奇抜な思いつきは面白い。湯治場の二階には雪隠がないので、そのたびに一階に降りなくてはならない。そこで二階から竹筒を使って小便をさせることにした。「これでは竹が細い」は筒が細いことをいうが、どうもこれは一物が大きいので、「入らない」といっているのだろう。ここは「小便がしにくい」の意味にとるのが無難である。こんな事態も予想して、漏斗を用

『軽口御前男』巻四（元禄16年）

意するところが商売上手である。落語『有馬の小便』の原作となる。

11　樽に錐もみの事

少抜けたるおとこ、「樽をあける」とて、のみ口の出かねければ、傍に有ける人、「さて〳〵愚なる人かな、風穴がない故じや。樽の上に錐て穴を開られよ」と気をつけられ、穴をあけたれば、案のごとく、どぶ〳〵と出たり。かの男、樽にいだき付、にはかにはら〳〵となみたをながす。人々、「いかに〳〵」とおどろきければ、かの男、涙をおさへ、「くやしきことをきゝてたべ。去年、親仁が小便の通せすして死なれたり。かゝる療治をしるならは、親仁かあたまに、きりもみをせうものを」と、又、さめ〳〵と泣いた。

『当世軽口咄揃にがわらひ』巻一（延宝七年・一六七九・上方）

※**錐もみ**　錐揉み。錐を揉んで穴をあける。**風穴**　空気が流れる穴。**案のごとく**　案の如く。案の定。はたして。その通りに。**たべ**　給べ。下され。**さめ〳〵**　さめざめ。涙を流しながら。

親の頭に錐揉み

錐揉みで空気穴を開けると中身の液体が出やすくなる。「親仁の頭にも穴をあけておけば小便が出たものを」と考える息子の愚かさを笑う。尿が出にくい病を疝気（せんき）といった。親仁の病の療治に樽の錐揉み論理を用いることはできない。『枝珊瑚珠（えださんごじゅ）』（元禄三年・一六九〇・江戸）の「酒屋の八蔵」も同話である。落語『淋病醤油（りんびょうしょうゆ）』の原作となる。

12　犬のとく※ゐ(い)

いぬが二、三疋、寐（ね）ている。「くろ、こい〱」とよぶこへ(ゑ)に、ぶち※がくびをあげて、「アレ黒（くろ）よ、おのしを呼ぶは(わ)、いってこい。何※ぞにならふ(う)」といへば、「アヽねむたい、そち※いってきや」「それでも黒（くろ）〱とよぶから、そちが※とくいだろ(ら)う。貴様、いき給へ」といふ故、黒（くろ）む※〱とおきて、か※け行しが、ほどなくかへり、また、ねころぶ。「どふ(う)だ、さかなか、やきめしか、何※に成つた」とゝへば、「ナニサ子共（こども）の小便（しゝ）だ」。

『聞上手三篇』（安永二年・一七七三・江戸）

※とくゐ　得意。贔屓にしている。可愛がられる。ぶち　犬の膚がまだら色のこと。黒の斑点だっ

たのだろう。**何ぞにならふ**　何かいいことがあるぞ。**そちいつてきや**　代わりに行ってきてくれないか。**とくい**　得意。得をする。**むく〱**（仕方なく行くしかないと）急に。むくっと。**かけ行し**　駆け出して行く。**何に成つた**　何であった。どうだった。

犬を呼ぶ

犬の名に黒・白・ぶちなどと肌の色や状態から名をつけたものが多い。可愛がられている犬だけに、ずいぶんと豪勢な食事を取っているようだ。その食事だと思って行ったが、その期待が裏切られた。子供に小便をさせる時に、「くろこい〱」とか、「しいっ、こいこいこい」といったのを、名を呼んでいると錯覚したのである。間違えるような名をつけた飼い主に、黒は怒ったか、それとも普段から待遇がいいので、あきらめるのが早かったか。なぜ「くろ、こい〱」といったかは不明。落語『大(おお)どこの犬（鴻池の犬）』の原作で

『今様咄』（安永4年）

である。『今様咄（いまようばなし）』（安永四年・一七七五・江戸）の「［しよんべん］」も同話である。

13　雪ふりのらく書※

雪（ゆき）のふりつもりたる朝（あさ）、にはのけしきを見れは（ば）、いろは※を雪にかきたり。下人※をよび、「にくいやつの、此やうなてんごう※をかこふ（う）より※、そうじなり共せず、さむい時分に、さうゝからく書（がき）しをる」としかりけれは（ば）、下人聞、「わたくしではござりませぬ。けさ、太郎様のせうべんでかゝしやりました」。主人聞、「ふゝ※扨は太郎がかいたか。せうべんで此くらゐにやつたらは（ば）、こんどは※能筆（のふひつ）にならふ（う）」。きつい了簡※の。

『露休置土産（ろきゅうおきみやげ）』巻五（宝永四年・一七〇七・上方）

※**らく書**　落・楽書。いたずら書き。**いろは**　いろは文字。寺子屋での手習いでは「いろは」の順に仮名を習った。**下人**　年季奉公人。**てんごう**　転合。いたずら。いたずら書きを「転合書き」という。**かこふより**　書こうとするより。**ふゝ**　納得の意を表す。ふむ。ふん。**こんどは**　今後は。次は。将来は。**能筆**　文字を書くのが上手なこと。**きつい了簡の**　評語。

小便のいたずら書き

「新雪の上に小便でいたずら書き（落書き）をしたのは誰だ。けしからん。まったく風情もない、不愉快だ」と怒る主人が、下人に、「犯人はお前だろう」というと、「太郎様が小便で書いたものです」という。息子または孫の太郎がしたとなると、怒ることもしないで、「小便でこのような字が書けるなら、将来は字がうまくなるぞ」と手のひらを返すような誉めようである。この身勝手な主人に対して、作者は、「きつい了簡の」という評語を記す。「あまりにも勝手過ぎる、とんでもない心の持ち主だ」、または、「そこまで考えるとは、あきれてものがいえない」と痛烈に批判する。下人が怒られるのは迷惑千万である。「いろは」を書き、「太郎様の小便で書いた」のを知っていることから、一緒に遊んでいた下人も、まだ子供のようである。

14　女房（ぼ(は)う）に利屈（りくつ）

ある人、め※をといさかひ（い）せしに、おつとはあそびずき、女ぼ（ば）うは諸事（しょじ）※つまやかにはたらくものなれは(ば)、「是いかにおとこ(を)じ(ぢ)やといふ(う)ても、其やうにあそびあるいて、何もかもおれ※ひとりにさせてよいか。朝(あさ)から晩(ばん)まで、男のする事までさせて」といふ(う)て、はらを立れは(ば)、おっと聞て、「やい、そげめ※、おのれは男のする事を見事するか」「※(お)をんでもない事。あゝ※りよが(ぐわ)いながら、何(なん)なりと仰付(おほせつけ)られ」「はて扨、にくい※(お)をとがいじ(ぢ)や。それならは(ば)、はかまをきて小便(べん)して見せい」。是ばかりは※成ますまい。

『露休置土産』巻二（宝永四年・一七〇七・上方）

※めをといさかひ　夫婦喧嘩。　**つまやかに**　一生懸命に。空き時間もないほどに。　**おれ**　わたし。男女とも使う。　**そげめ**　削げ奴。屁理屈ばかりいって。変わったことをいって。　**をんでもない事**　恩を忘れるなどしない。当然であること。もちろんであること。　**りよがいながら**　慮外ながら。いいたければ遠慮せずに。　**をとがいじや**　頤じや。へらず口をいうやつだ。　**是ばかりは…**　評語。

意地の張り合い

主人の遊び好きに業を煮やした女房が取った態度に、素直でない主人も腹を立てて逆攻撃する。その無理難題をいう結果が喧嘩の元である。夫婦だから文句の一つや二つはあるが、女房が、「何から何までさせて」というと、「最初からしなければいいものを」というのが男である。さらにできなくなってから、「人にさせておいて」は「自分勝手だ」と考えるのも男の言い分である。そういうふうに男は都合主義の女に対して、「そげめ」という言葉を吐く。「何をいまさら御託を並べるのだ」といわれたら最後である。男は一枚も二枚も上であるから、もう言葉では勝てない。そこを女は分かっていない。男は袴を着たままで小便することができるが、女は袴の裾から小便することはできない。作者の評語の「是ばかりは成ますまい」は、「無理難題もいいところだ」といっている。作家の円地文子は男の便器の前に立って、同じように立ち小便をしたら、「だらだらと下に滴り内股や足を汚らしく濡らしてしまった。（中略）一度ぎりでその男の真似は中止した（中略）小山いと子さんも同じことをやって見た経験があるそうである」（「押入れの中」）と書いている。女が立ち小便をする話を作家どうしで話題にしているのがおかしい。

15　異名ずき

とかく誰にも異名をつける旦那ありける。近所のもの来りて、「こゝの手代を、なぜに蛍といゝまする」ととひけれは、「とかく日かくれると出ます」「めし焼を景清とは」「おならを時々とりはづしくするさかいぢや」「そんなら丁僕を沖の石とは」「是も小便をたれて、人こそしらね、かはくまもなしぢや」。

『軽口はるの山』巻三（明和五年・一七六八・上方）

※異名　あだ名。変わった名。**丁僕**　げぼく。下男。小僧。

言葉遊び

日が暮れると一日が終わったので、旦那の前で挨拶をいうときに現れるので、蛍だという、また、景清の屁を放るのは、謡曲『景清』に「兜の錣を、取り外し取り外し」とあるからだという。「沖の石」は水がひいた沖の石は、すぐにまた水がかかって乾く間がないという意である。丁僕は子供だから、よく寝小便をするので布団の乾く間がない。親元を離れて寂しくなり、怖い夢を見ては寝小便をする。寝小便をして布団を干して乾かしても、また濡らす繰り返しを、「かはくまもなし」いった。

Ⅳ　尿瓶・おまる・おかわの巻

1　しびんの花生(はないけ)

※もんもう(ま)な男(をとこ)、客(きやく)を寄(よぶ)とて、「なんぞめづらしき物(もの)に花(はな)をいけん」と思(を(お)も(い))ひ、※しびんを買(かひ(い))きたりて、※花生(はないけ)※をきければ、客(きやく)、これをみて、ていしゆをよび、「此花生(このはないけ)は(わ)しびんではござりませんか」ととわ(は)れければ、亭主(ていしゆ)あわて、「イヤさやうな※名有者(なのあるもの)ではござりません」と云た。

『軽口豊年遊(ほうねんあそび)』巻三（宝暦十三年・一七六三・上方）

『軽口豊年遊』巻三（宝暦13年）

※もんもう　文盲。物知らず。**しびん**　溲瓶。病人などが寝床のそばに置いて小便をする容器。**花生**　花をいけて置く水入りの容器。花器。花入れ。**をきければ**　作りつけておくと。**名有者**　知られた物。

名ある物

文盲な男が尿瓶を知らないで買ってきた。「亭主あわて」とあるから、尿瓶であるのがわかったものと思っていると、「イヤそんなによい品物ではない」という。まだ尿瓶に気づいていないようである。「尿瓶は高価なもの」と思うズレが笑いとなる。この噛み合わないズレは、いつまでもつづくことになるであろう。『うぐひす笛』（天明年間・一七八一〜八八・江戸）の「溲瓶」に部分的に変えたものが再出する。

2　服紗包（ふくさづつみ）※

ぶげん者※の内へ盗人はいり、なだかけ※つかう（こ）な裁（きれ）に包たる物をぬすみ出シ、中をあらためて見れば、銀のしゆびん。親方が見て、「それはなんだ」といへば、「親方、シイ※ヽヽヽヽヽ」。

『座笑産後篇近目貫』（安永二年・一七七三・江戸）

※服沙　服紗。袱紗。儀礼用の方形の絹布。絹、縮緬（ちりめん）などで一重または二重につくり、無地や目出度い柄、刺繍（ししゅう）を施したもの。進物の上に掛けたり包んだりする。掛け袱紗、包み袱紗などという。**ぶげん者**　金持。富者。**内**　家。**なだか**　なだかしの略か。名高い。世間でよく知られた。**シイ**　静かにの「シイ」と小便をする「シイ」を掛ける。

しびんはシイか

盗人の親方は、尿瓶を知らないとみえる。金持ちの家に入ったのはいいが、贅沢な袱紗(ふくさ)で包み、しかも重い。それが何であるかを知らずに盗んで確認してみると、銀でつくった尿瓶であった。見たこともないから見当もつかない。親方は、「いったい、それは何だ」と大声でいうので、手下どもが驚いて、「親方、シイイィ」といった。「親方、静かに」といったのと、「親方、それはシイですよ」を掛けた言葉とみられる。ここは手下どもが尿瓶のことを「シイ」と呼んでいたのをいったとみたい。「シイ」は小便の幼児語でもある。

3　しゆびん

瀬戸(せ)物やへ、いなか(ゐ)ものきたりて、さまぐ(ぐ)のものをとゝのへけるに、溲瓶(しゅびん)を見て、「これはてう※ほう(は)(ふ)なものかな」とて、十(とを)ばかりもとめけり。ていしゆも手代も、ふしぎにおもひ、「十※までは、なにになさる」ととふ。いなか(ゐ)ものきゝて、「われらが国にて、おほばん※ぶるまひ(い)のとき、そばきり※をうち申すが、これを壱人まへのから※みつぎ※にいたそふ(さ)(う)とぞんじて、買（かい）申た」。

『軽口野鉄砲』巻三（宝永六年・一七〇九・上方）

※てうほうな　調法・重宝な。便利な。役立つ。**十までは**　十個も買ってまで。**おほばんぶるまひ**　椀飯振舞。人を多く招いて盛大に馳走すること。大盤振る舞いとも書く。**そばきりをうち**　蕎麦切を打ち。蕎麦をつくること。**からみ**　辛み。風味を添える刺激性の強い添加食品。唐辛子。薬味。**つぎ**　注ぎ。辛みを入れた器のこと。

しびんの使い道

椀飯振舞は正月に親類縁者を招いて饗応することをいった。のちに馳走することにもつかわれた。田舎への土産の一つに尿瓶を十個も買ったのは、椀飯振舞の饗応に出す蕎麦の薬味入れに使おうと思ったからである。薬味入れの容器に尿瓶の大きさが適していると思ったのは、たくさんの薬味が使われてきたためである。尿瓶の用途が分からないで購入していることに、店の亭主も手代も不思議に思った。尿瓶が割れてしまったから買い求めに来たのなら分かるが、十個の数だと何に使うのかを聞きたくなった。蕎麦に入れる「辛み」といえば唐辛子で七味唐辛子である。七味は唐辛子・胡麻・陳皮（とんぴ）・芥子（けし）・菜種・麻の実・

山椒を砕いて混ぜる。「しちみ」「なないろ」と略していった。辛みの強い鷹の爪は南蛮辛子、高麗胡椒と呼んだ。

4　しゆびん

俄に茶の湯をならひ、何ぞ珍敷道具を求度、※清水坂にて、しゆびんをみつけ、「是は※古でな、よき※水さし」と思ひ、二十文だして買とり、「ことの外※ほり出し」と思ひ、ひそういたされ、友だちみへたれば、「※手まへはよきほり出しをいたした」とて、かの※水こぼしを出されたり。友達ども見て、「これはけうがる。しゆびんじや」といへば、ていしゆ、※ぬからぬかほで、「それみやしやれ、※弘法とはあまりしだいがちがはぬ」。

『口合恵宝袋』巻五（宝暦五年・一七五五・上方）

※**清水坂**　京都の清水寺に上る坂。**古でな**　おきまりの珍しくない。**水さし**　水指。茶道で、釜に補給する水や、茶碗、茶筅などをすすぐ水をたくわえておく器。**ほり出し**　いい骨董品を安価で手に入れる。ほりいだし。**ひそう**　秘蔵。大切にする。**手まへ**　わたしは。おれは。一人

称。**水こぼし**　茶道具の一つ。点茶の際に茶碗をすすいだ湯水を捨てる器。健水（けんすい）に同じ。**けうがる**　希有がる。驚いた。**ぬからぬかほ**　とぼけた顔。**弘法**　諺の「弘法にも筆のあやまり」。その道にすぐれている人でも時には失敗するたとえを踏まえる。**しだい**　次第。勝手。

些細な誤り

「古でな」は考えられる珍しいものは、決して珍しいものではないことをいう。単に古そうなととらえられるが、「珍敷道具を求度」というから、珍品のなかの珍品をいっていよう。「弘法にも筆のあやまり」の諺のように、弘法と同じような誤りをしただけで、そう勝手が違うわけではないと負け惜しみをいうのが面白い。ここは、「些細なことではないか」といったつもりかも知れない。弘法大師は平安初期の僧で真言宗の開祖空海である。

笑話に登場する尿瓶は、尿瓶そのものを知らないことによる失態が多い。どこの家にも尿瓶があると思い込んでいたが、病人の使うものであるので、つねに家にあるところは少なかったのであろうか。一度でも使った家では、次に使わない限りは、ほとんど押し入れにしまうことが多い。古くからある道具であり、需要も多いはずだが、知らない者もいるのが実情であったとみられる。ことに田舎者が知らない例は多い。

5　山出し

「若さま、しゝが出るそうじや。おりんどん、おまるをもつて来な」「アイ」といふて立、「もし、このいびつなのでも、よふございますか」。『一の富』（安永五年・一七七六・江戸）

※山出し　田舎から出てきたばかりの者。しゝ　尿。「しし」は女性語。おりんどん　下女に多い名。どんは奉公人を呼ぶときに名の下につける。おまる　虎子の丁寧語。大小便を受ける桶。便器。おかわ。いびつ　形が崩れた形。

おまるの形

おまるがいびつな形をしているのを知らない山出し娘が登場する。おまるの「まる」は虎子と書く。これを「まる」と読むのは難しいが、虎子は大切にして手放さない意の「虎の子」からきている言葉だ。それに大小便をする、排泄することをいう「放る」から虎子の漢字を宛てた。『浮世風呂』二編巻之下（文化七年・一八一〇）に、「サアおめへ、此頃は立居もひとりで出来ねへから、尿屎(しゝばゞ)もおまるでとる」とある。山出し娘のおりんどんが「おまる」を知らないのは、形が異なっていたからとみることもできる。

6　おかわ※

きんじよのにようぼ(ば)うにほれ、「どこ※ぞでは、いわふ(う)く／＼」とおもつていれど、よいおり(を)もなく、「なんで※も、せつちんへいつて、まつてゐるがよい」と、ちようど(や)、かのにようぼ(ば)うのくるじぶんをかんかへ(がえ)、ぬけろ※じ(ぢ)のせつちんへいつて、まつてゐれば、女ばう、おかわをもつてあけにきて、「くらさはくらし、だれもござらぬか」といへば、こゝぞとおもひ(い)、いき※をころしてゐるあたまから、おかわをざ※ぶり。

『当世口合千里の翅』（安永二年・一七七三・江戸）

※おかわ　御厠。おかわやの略。持ち運びのできる便器。おまる。**どこぞでは**　どこかで。**なんでも**　何を考えても、とにかく。**ぬけろじ**　裏に通りぬけられる路地。**いきをころして**　じっとしている。呼吸の音もさせない状態で。**ざぶり**　ざんぶり、ざんぶ、ざんぶらこなどと同じ。

浴びること。

浴びた中味は

ほれた男は、「どこかで、言おう」と考えても、なかなかいえない。「雪隠に隠れて待っているのが一番」と思っていると、ほれた美しい女房が、おかわを手に持って来た。男は、「近くに来たら抱き着いて告白しよう」と待ち構えていたが、女房は雪隠の中に人がいないのを確かめるために、「くらさはくらし、だれもござらぬか」と声を掛けた。返事がないので、おかわの中味を捨てた。隠れている男は声を出すこともできずに、頭から、おかわをざんぶりと浴びてしまった。隠れた者の罪と罰である。結果は好きな女房のおかわを浴びたから幸せと思ったかどうか。本人の言葉が書かれていないので、ここは想像するしかない。『下司の智恵』（天明八年・一七八八・江戸）の「まちぶせ」に再出する。『千里の翅』を踏まえたもので表現がわかりやすくなっている。

『下司の智恵』（天明8年）

7　乗合※の迷惑

三十石の乗合(のりあい(ひ))にて、夜ふけ船中もしつ(づ)まり、のり合の祖母(ば)さま。※ほ(は)うろくに小便をして、※よろ〱と持、川へ捨てんとせしが、苫※にかゝり、舟(ママ)の中へ取おとし、隣(となり)に寐てゐる、よその男の足へ、かの小便、ざんぶりとかゝりけれ共、彼男、それ共しらず寐(ね)入居る。ばさまは、「扨も気のどくな事をした」と思ひ、又、茶わんを取出し、川の水をすくひ(い)、其足へ掛てあらはれ※けるに、此男、目をさまし、「エヽ爰なばさまは、湯をかけたり水をかけたり」。　『立春噺大集(りっしゅんはなしのおおよせ)』巻三（安永五年・一七七六・上方）

※乗合　乗合船の略。　**ほうろく**　焙烙。船の中で女性が使った。　**よろ〱**　量が多くて重たいのでよろける。　**苫**　船の上部に覆うもの。　**あらはれける**　洗ってあげる。

船上の始末

三十石船というと淀川を行き来する京坂をむすぶ船をいう。「夜ふけ」とあるから、ここは夜船。約六時間かかり、夜半に伏見を出ると、朝早く大坂に着いた。昼は約十二時間もかかり、大坂八軒家を出て夕方に伏見に着いた。焙烙は素焼きだから、徐々に水分を吸う。川に捨てても、どんどん水分を吸うから水底に沈んでいった。「小便ざんぶり」は小便を吸い込んで十分に水気があるのをたくさんかける。それを気にした婆様は茶碗で川の水を掛けてやると男が目をさました。最初の尿はしたばかりだから温かかったので、お湯と勘違いした。男は、「湯をかけたり水をかけたり」という言葉が面白い。婆様は知らん顔すればよかったのに、老婆心が徒(あだ)になった。この男の勘違いは気づいていないので、婆様にとっては、文句をいわれてもありがたい言葉であった。

V 屁・おならの巻

1　夜這(よばい(ひ))

むすこと下女と色事(いろごと)※にて、九ツ※のかねを相図(あいづ)にしのびこむやくそくをして、その時刻(じこく)にもなれば、そろり〱※と下女の部屋(へ)へ這(は)ひかけ、目さす※(ざ)もしれぬくらやみをさぐりまはり、下女二、三人並(ならん)でねてゐる中で、やう〱かの下女にさくりあたれ(ぐ)は(ば)、下女、「若(わか)だんな様か」。むすこ、「おふくか」といふひやうしに、「ブツ」と屁(へ)をひる。下女、「シイお屁(へ)※が高ひ」。

『富貴樽(ふっきたる)』（寛政四年・一七九二・江戸）

※色事　情事。情交。**九ツ**　午前零時前後。**そろり〱と**　ゆっくりゆっくりと。**目さす**　目指す方向。**お屁が高ひ**　声が高いの地口。

夜這いの屁

夜這いは求愛のために女の許に忍んで声を掛けた「呼ばひ」が夜這いの語源とされる。男の夜這いに女が同意すると婚姻が成立し、それを両家が認めると、男が女の親と対面して契りの酒を酌み交わす。初聟入りは嫁の家で行われるのが風習である。この婚姻儀礼の始まりが夜這いである。夜這いには、恋をしかける、言い寄るの意もあり、『常陸国風土記』の「かがひ」は「かきあひ（掛き合ひ）」の約で、男女が歌をかけあう歌垣（うたがき）である。意気投合すると夫婦になることが認められた。笑話でも女の寝床へ息子が夜這いする。下女は下働きの女で、多くは田舎から出て来た。下女が、「若旦那様か」と、いくら小さな声でいっても、ほかの下女に聞こえてしまうのに気づいていない。ここで声を掛けるのが田舎出の娘である。また息子も愚か者で、「おふくか」と下女の名をいうのも困ったものである。お金をかけないで、ただで遊ぼうとする息子の、しかも覚え立ての遊びの目的は一つである。「あ、そこにいたか、よかった」と思った瞬間に、緊張感もなくなり、気も緩んで屁をしてしまった。何ともだらしない息子である。すかさず下女は、「シイ、お屁が高ひ」と瞬時に洒落たことをいったのが面白い。

2　屁（※へ）ツぴり

両国、屁（へ）ツぴりの舞台（ぶたい）の正面（めん）へ見物飛（※と）び上り、「ブイ〱」とひる。※口上言（いゝ）、遣（※や）り込（こめ）る気で、「それは何屁（ぺ）で御座ります」といえ（へ）ば、「誉言葉（ほめことば）」。

『珍話金財布（かなさいふ）』（安永八年・一七七九・江戸）

※屁ツぴり　屁ツぴり男の略。安永三年四月、両国広小路の見世物に、霧降花咲男という屁の音の曲技をする屁ツぴり男が評判となった。源内の『放屁論』に描かれる。**飛び上り**　不意に舞台へ上がった。飛び入りに同じ。**ひる**　放る。屁を放出すること。放屁のことを「へひる」という。**口上言**　舞台に立って演目を紹介する者。**遣り込る**　黙らせる。困らせる。

曲屁（きょくべ）の見世物

「屁ツぴり男」を見た、または聞いた見物人が、急に舞台に上がって屁をする。口上言は、「今のは何という屁か」というと、「誉め言葉だ」という。贔屓筋が声を掛けて誉めるのに倣って、屁で誉めたのが面白い。源内の『放屁論』には、「木戸をはいれば、上に紅白の水引ひき渡し、彼放屁漢（ヘツヒリヲトコ）は、囃（ハヤシ）方と供（トモ）に小高き所に座す。その為人（ヒトヽナリ）中肉にして色白く、三ケ月形（ミナリ）の撥鬢奴（バチヒンヤツコ）、縹（ハナタ）の単（ヒトヘ）に緋縮緬（ヒチリメン）の襦半（ジユバン）、口上爽（サハヤカ）にして憎気（ニクゲ）なく、囃に合せ先最初（マツサイシヨ）が目出度三番叟屁（べ）、『トツハヒヨロ〱ヒツ〱〱』と拍子（ヒヤウシ）よく、次が鶏東（ニハトリトウ）天紅（テンコウ）を『ブヽブウーブウ』と撒分（ヒリワケ）、其跡（アト）が水車、『ブウ〱』と放ながら己（ヲノレ）が體（カラダ）を車返り、左なから車の水勢に迫り、汲ではうつす風情あり」とある。口上云が「何屁」といったのは、演目名にない屁だから聞いたのである。『夜明茶呑噺』(安永五年・一七七六・江戸)の「屁ひりしなん」も同話である。

3　風を喰ふ鳥

「広い世かいなれば、様〱のものあり。※蚊ノまつ毛に巣をくふ虫あり。九万里に※羽をのす鳥あり。※風鳥といふものは、空に居て、風を食して居ル鳥じや」といへば、「夫は食喰はずば、糞はせまい」といへば、「いかにも、屁ばかりこいて居る」といふた。

『軽口瓢金苗』中巻(延享四年・一七四七・上方)

※蚊ノまつ毛に巣をくふ　諺。きわめて微小なこと。また不可能なことのたとえ。**羽をのす**　押さえられた状態から自由になって思うようにふるまう。**風鳥**　極楽鳥。スズメ目フウチョウ科の鳥の総称。雄の羽が美しい。雌は一般に褐色。

風を喰う鳥

『和漢三才図会』に、「無食餌、向風吸気」とある。「何も喰わないのだから、糞は出ないだろう」というと、その通りである。屁ばかりこいている」と返答する。空気を喰って空気を出すのを「屁をこく」といった。『聞上手』（安永二年・一七七三・江戸）の「風鳥（ふうちょ(て)う）」、『譚嚢』（安永六年・一七七七・江戸）の「風鳥」も同話である。

4　盗人（ぬすびと）

盗人（ぬすひ(び)と）二人、宵（よひ）より※樋合（ひあは(わ)い）に忍（しの）んで居けるか(が)、久しいうち※下冷（したひ(び)へ）して、一人の盗人（ぬす）、屁（へ）を一つひつたり。今壱人の盗人、耳（ミヽ）少し遠（とを(ほ)）かりけるが、※いかゞしてか、今の屁（へ）の音（を(お)と）をきゝかじり、「今のはなんだ」と小声（こごへ(ゑ)）にきく。「今のは屁（へ）だ」と小声（ごへ(ゑ)）に答（こた）ふ。聾（つんぼ）なれば聞きつ

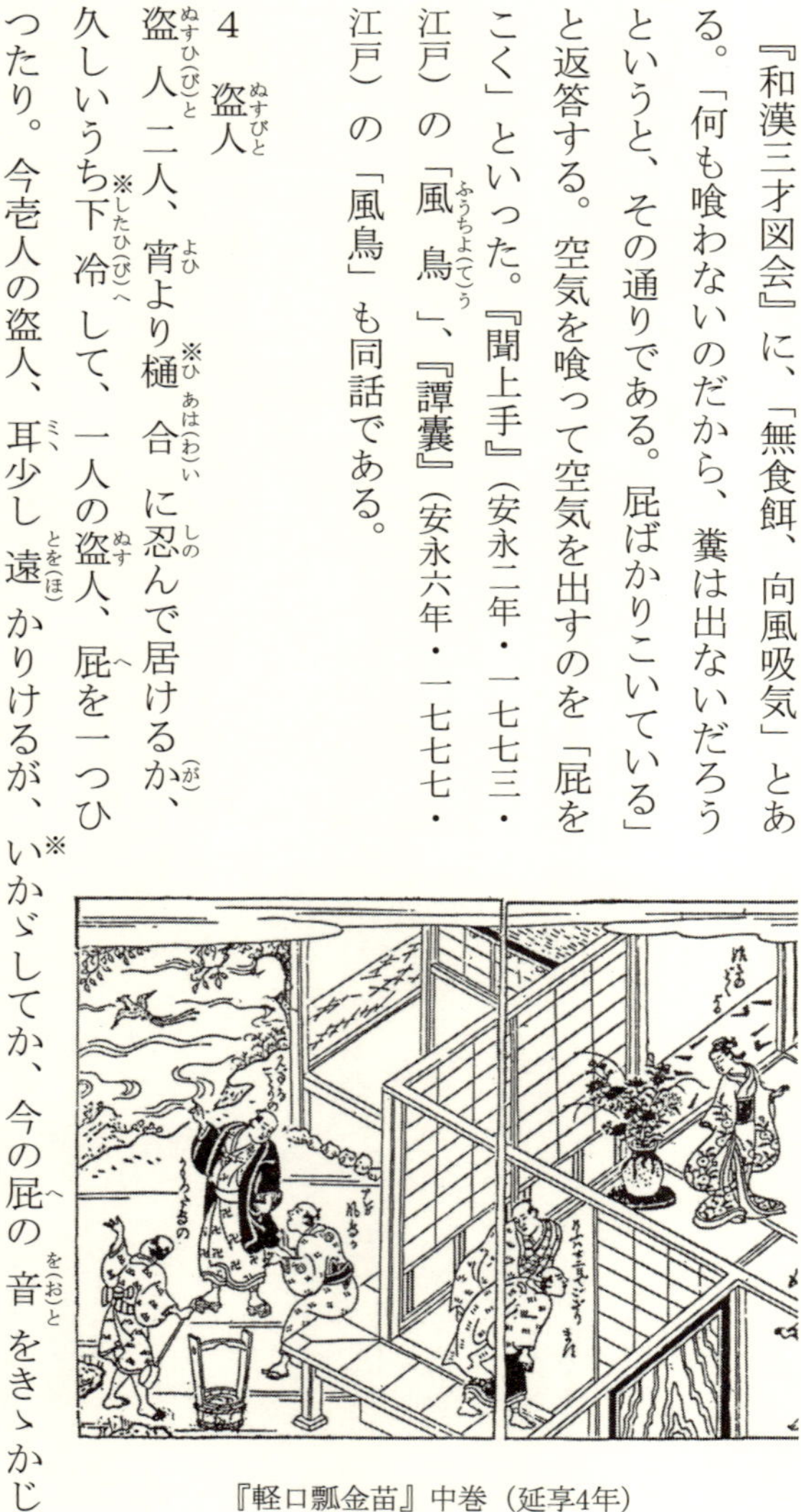

『軽口瓢金苗』中巻（延享4年）

けずに、「今のは何ンだ」ときく。「※ハテサテ屁だと言ふ(う)に」といふ。まだ聞入レず、※おし返して、「今のは何ンだよ」ときく。めんどうに成り、※われを忘れ、大声(こへ(ごゑ))にて、「屁だといふ(う)に」。

『鹿子餅後篇譚嚢』(安永六年・一七七七・江戸)

※樋合 家の廂(ひさし)と廂とが突き出た間の狭い通路または所。日のあたらない所である。ひあい。**下冷** 地面や足元から冷たさを感じること。**いかゞしてか** なんとなく屁の音のように聞こえたようだったので。**ハテサテ** 驚いたり当惑したときに発する語。**おし返して** 折り返しすぐさま。**われを忘れ** 理性を失って。

盗人の大声

下冷えすると腹が痛くなる。次にもよおす状態は、屁がでるか大便がしたくなるかである。耳が遠いから聞こえないと思っていると、かえってそのような人のほうが、かすかな聞こえそうもない音でも聞こえる。ここは盗人であるのを忘れて大声を出してしまった。屁のごときことで怒ったり大声を出したりしては困りものである。このような笑話の例は、座頭や老夫婦の会話などにみられ、同じ展開をする。

5　飛頭蠻

※長崎丸山の女郎に馴染、※うけ出して女房にする相談。「けふ迎ろ、翌日呼とれ」と女郎は婚礼をいそぐ内、「あの女は、※名代の※轆轤首だ」と噂を聞てたまり兼、夜逃にして欠出せば、ろくろ首、是を聞より、忽ち其首ぬけ出て、いづく迄もと追来る。※こなたは一生懸命と逃るほどに〱、海を越え山を越え、※松前の果まで来りしが、※あまりの事に草臥はて、とある畠の※畝にやすめば、其辺りは一面に芋畑なり。彼ろくろ首も追くたびれ、甚だ空腹になりければ、※息つぎと思ひ、里芋を取ては食ひ〱、おびたゞしく食たれば、松前の首は、なんともなけれど、長崎の尻が、「ブウ〱」。

『譚話江戸嬉笑』（文化三年。一八〇六・江戸）

※**長崎丸山**　長崎にあった遊郭。　**うけ出し**　遊女を身請けすること。代金で自分の手に引き取る。　**名代**　有名。よく知られた。　**轆轤首**　頸が非常に長く、自由に伸び縮みする妖怪または人。　**こなたは**　自分のほうは。こちらは。　**松前**　北海道南西端。　**あまりの事に**　考えられな

いほど遠くまで逃げたので。**畝**　畠の中の歩ける道。作物を植えたり、種を蒔いたりするために、土を盛り上げた道。畦道。畔。**息つぎ**　息休め。しばらく休むこと。

ろくろくびの屁

評に、「東は長崎から、チトこわめしと逃出(にげ)したか、煮染(にしめ)の芋(いも)は食ふとても、屁(へ)のやうなるはなしにあらず」とある。咄相撲形式の本で東西の咄を品評する趣向の作品である。ここは東の咄。「ろくろっくび」といえば見世物の定番であった。その口上は「さアさ見てやって下さい。親の因果が子にむくって生まれた子供がロクロ首。生国は四国は讃岐の国、木田郡は田中村、荒川さんの家にオギャーと産声を上げたよ」という（宮尾しげを『下タ町風物誌』かのう書房・昭和五十九年・一九八四）。顔の部分と首から下の部分を二人で見せる馬鹿馬鹿しい見世物だが、三味線を弾いて歌をうたう芸も見せるなどと、いくつも見せ場があった。『露新(つゆしん)軽口はなし』（元禄十一年・一六九八・上方）の「いひさうな事」では、御前(ごぜ)のろくろ首が出てくる。御前は瞽女で目の不自由な女性である。見物人の男たちが、ぶつからないかと心配する展開の笑話は面白い。

6　屁※

初会の床にて、女郎、「ぶい」とのしそこない、客、「こりや、たまらぬ※匂だ」「おゆるしなんし、此おならには訳が有んす。わたしが母、『十死一生の時、毎月一度つゝ、御客のまへで恥をかきんせう』と観音さんへ大願をかけんした」といふ口のしたから、又、「ぶい」とのしそこなひ、「ヲヤうれし、来月分も仕廻つた」。

『珍話楽牽頭』（明和九年［安永元］・一七七二・江戸）

※屁　原文「庇」。誤刻。**たまらぬ**　溜らぬ。こらえきれない。がまんができない。**十死一生**　瀕死の状態。「じつし」ともいう。**観音さん**　浅草観音。**口のしたから**　言い終わらないうちに。

女郎の人

手練手管にたけた女郎のいいわけをいった矢先に、またしても屁をこいた。それをうまくかわす言葉をいうのも、たいした女郎である。「月に一度の恥をかくのはいいと母がいった」というのは大嘘である。図太く減らず口でなければ女郎は生き残れない。類話が『かの子はなし』上巻（元禄三年・一六九〇・上方）の「まひとつのあんじ」にみられる。

7　屁

女郎、床の内にておならをし、「千調さん、おまへはわたしを、かわゆふ有すかへ」「おふさ、かわゆふなくて来るものか」「そんなら、今のしそこないを、御つれさんに、はなしなんすなへ」「大誓文、はなすこつちやない」。女郎、「ヲヽかわいゝ」といふ口の下から、また、「ぶい」としそこない。客、まじめになり、「此女郎は、うたぐりぶかひ」。

『座笑産後篇近目貫』（安永二年・一七七三・江戸）

※有すかへ　「ありんすかへ」。思いますか。**大誓文**　誓文の強調。神明誓って。決して。

信用されない客

放屁を隠す者を探すときに、「屁放の神は正直神よ」といって尋ねると、答える者が出てくる。女郎は、「わたしがしたのを黙っていてほしい」というので、「わかった」といったのに、女郎は念を押すように、また屁をする。客が、「うたぐり深い」というのがおかしい。「わたしのこと、可愛い」と女が男に甘えてきたら、何か企んでいる証拠である。その甘えによって現状を確認しようとするのが女心である、女は寂しくなると現状の幸せを維持したい気持ちが湧き、まずは言葉で安心を得ようとする、こうした知恵を働かせて男をだますのを女郎は心得ている。

8　おならの伝

※禿(かぶろ)が客の前でおならをしてわらわれ(は)ける。姉女郎、ひそかに新造(ぞう)を部屋(へ)へまねき、「禿衆はまだよいが、※こなさん達(たち)は※大事のことだ。たしなんだがよいぞや。そしてこなさんは、※への工夫をしらんしたか、まだであらふ(う)。大事のことじ(ぢ)やが、おしへておこふ(う)。アノ、おならの出(で)そ(さ)ふ(う)でこらへ(え)られぬ時(とき)、むりにこらへ(え)ていると、※おくびにでるものじ(ぢ)や。そのやふ(う)な時には、紙(かみ)をよくもんで、※い(ゐ)しきにあてゝ、そつとつゝんで、たもとへ入レてすてたがよい。それもへのころしやふ(う)がわるいと外(ほか)へ匂(にほ)ふ(う)ぞへ(え)」と、※ねんごろにお(を)しへける。扨ざしきへいでけるが、彼新造(かのしんぞう)、へのてんじゆを得(ゑ)(え)て、※おい(ゐ)どへ気(き)をよせけるゆへ(ゑ)に、し

きりにおならがてそふに成るゆへ、紙をもんでふところに入レ、あんばいよく、へをつゝんで取、まどより外へなげしに、かうしにあたり、紙がつぶれて、「ブウ※」。

『聞上手二篇』（安永二年・一七七三・江戸）

※**禿**　遊郭で遊女に仕える見習いの少女。かむろ。かぶろ。　**こなさん達**　「こなたさま」が「こなさま」になり、「こなさん」になった。「こなさま」よりも尊敬度の低い言い方。あんた達。ここでは新造達のこと。　**大事のこと**　重大事。　**への工夫**　屁を出さない方法。　**おくび**　胃にたまったガスが口から外にでること。げっぷ。　**いしき**　居敷。尻の女言葉。　**ころしやふ**　処理の仕方。包み方。　**ねんごろに**　丁寧に。入念に。　**おいど**　御居処。尻。女性語。　**ブウ**　つぶれた音と、外に出た屁の音を掛ける。

おならの始末

投げ方が悪かったからか、それとも包み方が悪く、格子の間を通過させるのができない大きさで失敗したか。とにかく包んだ紙はつぶれて破れ、形も崩れて屁が外に出てしまった。そのときの音を「ブウ」と表現したのがおかしい。包んだ紙を捨てることを伝授されても、捨て方までは教えてもらわなかった。同じ笑話に『下司の智恵』（天明八年・一七八八・江戸）の「表座敷」がある。そこでは水の中に落ちた屁が、「ブクブクブクブク」と音を出す。

9　見立(みたて)

※難経(なんきやう)の講釈(かうしやく)※はてゝ、たばこ盆(ぼん)にかゝる所に、先生のいわる(は)ゝには、「アレ今表(おもて)で小便の音(おと)がする。弟子共(でしども)、あの※病症(ひよ(びや)うせ(しや)う)を知(し)つたか」「ハイ」と弟子共、耳(ミゝ)をそばだてゝきゝ取、「あの小便の音(おと)は、全(まつた)く※淋病(りんひよ(びや)う)か※消渇(せうかち)の内と考(かんが)へました」。先生、※かぶりをふり、「いや〳〵そふ(さ(う))ではない。アレは腹(はら)にへをもつたものだ」。

『聞上手二篇』（安永二年・一七七三・江戸）

※難経の講釈　医学書の講釈。　**はてゝ**　終わって。　**たばこ盆にかゝる**　煙草をすうには盆を使う。休憩する。　**病症**　病気の症状。音によって病気を判断する。　**淋病**　淋菌の感染による性病。　**消**

『下司の智恵』（天明8年）

渇　尿が出ない病気。　**かぶりをふり**　頭を左右に振って、不承諾の意を示す行為。

小便の音

「いま表で」は男の立ち小便をいう。外の雪隠での小便とみられる。小便の音で、どんな病気を持っているかを判断するのも医師の修行の一つである。師匠が、「当ててみよ」というと、「思いきって小便もできないから、しょぼしょぼ、ちびりちびりといった淋病に近い状態だ」と弟子たちが、ずばりいい当ててしまったので、師匠は、「違う違う。腹に屁をもったもの」といった。「腹に屁をもつ」とは腹がふくれている状態である。はっきりしない表現をいったのは、咄嗟に答えたからであろう。ここは師匠の負け惜しみの弁に聞こえてくる。

10　いもや

いもうりを呼ンで(で)、「ホウよい芋(いも)だ、※壱升いくらだ」「アイ二十四文でござります」「十八文にさつしやい」「※口明(くちあけ)じや(ぢ)、※まけてあげふ(う)」といふ所へ、※となりからも出てきて、「いくらにめし※ました」といゝながら、へを、「ポン」とひれば、いもうりが、「モシこれ旦那、あきないの邪魔（じゃま）を被成ますな」。『聞上手二篇』（安永二年・一七七三・江戸）

※壱升　壱本の誤刻。**口明**　商売開始早々。**まけて**　値段を引く。値引き。**となりからも**　芋を買う人の隣からの意。**めしました**　されました。

芋売り

屁の音は「ブイ・ブウ・ブッ・フン」の表記が多く、「ポン」と表記する例は少ない。食べる前に屁が出るのも、買わずに屁が出るのも、ともに商売の邪魔をするという発想がおかしい。芋は薩摩芋を指す。甘薯（かんしょ）（藷）・唐芋（からいも）・琉球薯（りゅうきゅういも）（藷）などといい、慶長十四年（一六〇九）に島津薩摩藩主が琉球から持ち帰った。また、元禄初期に琉球王の献上品ともいわれる。甘藷先生といわれた青木昆陽（一六九八〜一七六九）が救荒作物（きゅうこうさくもつ）として普及させてから、口にする機会が多くなった。救荒作物とは飢饉・凶作に備えるために栽培する作物をいった。江戸の堀江町一丁目に薩摩芋の問屋があった。

11　おなら

よめ御、後架へゆかれしが、戸をあけてはいると、おならが、「ブウ」とでる。「ヲヽこは※、まだ、またぎ※もせぬに」。

『聞上手三篇』（安永二年・一七七三・江戸）

※こは　「恐し」の略。おそろしい。　**またぎ**　跨ぎ。両足を広げて踏まえる。足を踏み広げる。用を足す。

気の早い屁

後架の戸を開けて入ると安心感が出たのだろう。これから用を足す矢先から、気も緩んで態勢に入る前に、早くも屁が出てしまった。「まだ踏み板をまたいでいないのに、先に屁が出るとは、おおこわ」という表現が面白い。「こわ」はおそろしいことをいうが、人は浅ましいものだの意でもある。男でも女でも糞をする段になって、着物の裾をまくって尻を降ろし、気張っているときに屁が出るというのが順序であろう。それが踏み板を踏む前に出てしまっては、順序を踏んでいないことになる。それはそれは大変おそろしいことである。

12　※取駛

客の前にて、女郎、屁を、「ブウ」とひり、※そのまゝ客の頬へたを両方※抓り居る。客もあきれて、「※手前が屁をひつて、他を抓る事があるものか」。女郎、「余所へ行て、云ふかいふまいか」。

『興話飛談語』（安永二年・一七七三・江戸）

※**取駛**　粗相する。ここは思わず人前で放屁する。促音訛して「とっぱずし・とっぱずす」ともいう。　**そのまゝ**　即座に。すぐに。　**頬へた**　顔の両側のふくれた部分。ほほ。ほう。訛って「ほうっぺた・ほうぺた・ほっぺた」ともいう。　**抓り**　つねること。　**手前**　お前。

頬をつねる

この女郎は疑り深いのではなく、気を回すのが早いというべきだろう。それでも、こんな女郎はかわいい。男なら痛くてもつねられたいものである。女郎にとっては、他人にばれたらどうしよう、いわれたらどうしよう、これで愛情がなくなったらどうしようと思いながら、他人の肌をさわって愛していることを示せば、男はうれしがるから気にしなくていい。『友たちはなし』（安永三年・一七七四・江戸）の「しそこない」も同話である。「しそこない」は、しくじる、仕損じることをいう。

13　おなら

かむろ、しやくをしなから(が)、「ぶい」ととりはずす。女郎、気のどくがり、「此子のやうな※ぶしつけな、おきやくのまへで、おならをするといふ事がある物か。※下へおりな」と※いひしま、「※ぶい」といふ。「エヽこの子は、はやくおりねへ(え)、※おれもいまいく」。

『新口吟出川(いまでがわ)』（安永二年・一七七三・江戸）

※ぶしつけな　礼儀に欠けることをする。無作法な。**下へおりな**　下には遊郭の主人の居間、または帳場、内証がある。座敷を下がり下へいきなさい。**いひしま**　「いひしまゝ」の誤刻か。接尾語。動詞の連用形について、〜と同時に。〜しながら。**ぶいといふ**　ぶいと音を出す。**おれも**　わたしも。

同罪

女郎が禿（かむろ）に対して注意をしながら屁をしてしまった。「失礼をしてはいけない、この場から下がりなさい。下へおりて、主人に報告しなさい」といっているときだから、女郎の屁は同罪となる。「もたもたしないで、早く下りなさい。わたしも下りるから」といった言葉がおかしい。『蝶夫婦（ちょうつがい）』（安永六年・一七七七・江戸）の「姉女郎の異見」では穴を踵でふさげば出ないという方法を伝授する。

14　どろぼう（ば）

「こんやのうちへはいつたところが、うちのこぞう※がはいだしたゆへ（ゑ）、しゆびわるし※」とにはの大かまのうちへかくれている。うば、めをさまし、そのこに、せうよふ※（う）をやりながら、うば、「ぶつ」ととりはづせは（ば）※、小そう（ぞ）、「ヲヤばゝァがへをひつたよゥ」といへば、うば、「ヱヽこのおこは、わたしじ（ぢ）やござりませぬ。いまのはよそのどろぼう（ば）※」といへば、かまのうちにて、「これはめいわく」。『落咄下司の智恵』（天明八年・一七八八・江戸）

※こぞう　小僧。その家の子供。　はいだした　起き出した。　しゆびわるし　首尾悪し。ここは泥

棒にとって都合が悪い。**せうよふ**　小用。小便。**とりはづせは**　粗相をすれば。**よその**　余所の。家とは関係のない。どこかの。

迷惑千万

屁の音を子供に聞かれてしまった姥は、動揺もせずに、「わたしではありません。どこかの泥棒がした屁でしょ」という。折りしも、この家に盗みに入った泥棒が大釜に隠れていて、子供の小便が終わるまで大釜の蓋の間から見ていた。ここで、「おれは屁などしていない」といったら、たいへんな騒動になる。嘘をついた姥が腰を抜かす展開があってもいいだろう。泥棒は「屁をしたのが、おれだというのは心外」を「これは迷惑」といっている。運の悪い泥棒である。予想外の展開や考えられない結果になるところが笑話である。隠れた場所が悪かったか、それともこの家に入ったのが悪かっ

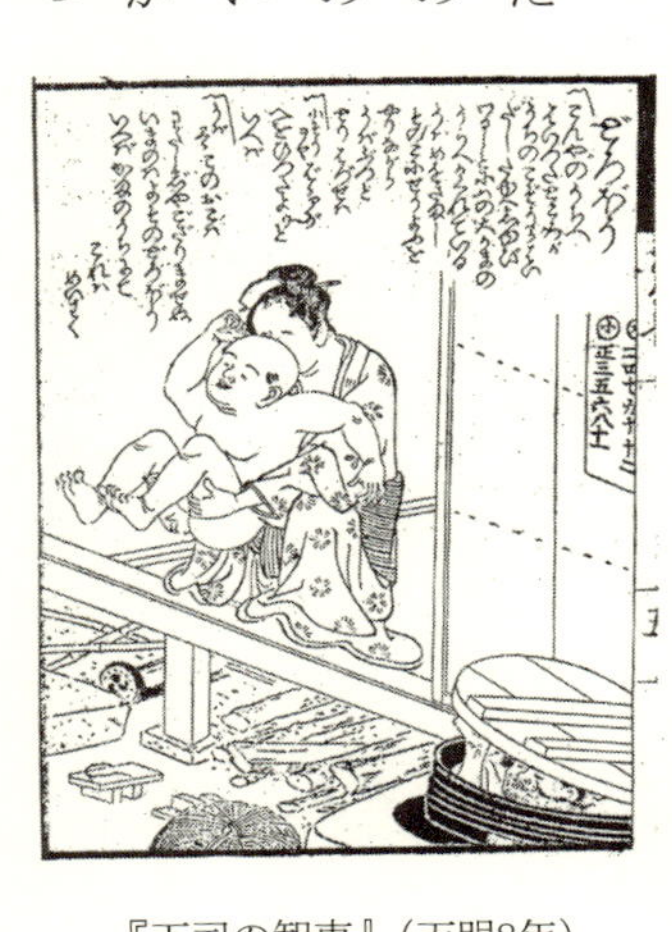

『下司の智恵』（天明8年）

たか。場面設定も登場人物も笑いの世界へと導いていくところが面白い。姥のいけしゃあしゃあとした態度には驚かされるが、姥のとぼけ方、かわし方に技ありである。ぬけぬけと嘘がつけるのも年の功であろう。

15　取はづし

下女のおさんが竈(かま)のまへで苧(を)をうみ※ながら、「ブウ」との取りはづし。はつと思つて、うしろを見れば、久介がいたゆへ(ゑ)、そしらぬ顔に、口まねにてまぎらかさん※と、口にて、「ブウブ」といふ(う)と、久介、後(うしろ)で、「なる程、おさんどのは、口まねが上手だ。はじめし※たのに少しもちがわ(は)ぬ」。

『落咄はつわらい』(天明八年・一七八八・江戸)

※うみ　績み。長い繊維をよりあわせて糸にする。短い繊維の場合は紡(つむ)ぐという。**口まね**　屁の音を口で真似る。**まぎらかさん**　まぎれるようにする。他のものと混同させて、それと分からないようにする。ごまかす。**はじめしたのに**　最初した屁の音と。

口真似

屁をして、「はっと思って、うしろを見れば」は、もしかしたら人が聞いていたかもと思うと、どきっとする。誰にでもある体験であろう。屁の口真似は、咄嗟にとった、ごまかし行為の一つである。他の音を出して屁の音でないことを否定しようとする。幼稚っぽい行動だが、ここでごまかさないと弱点を握られてしまうから必死である。笑話での屁の音を聞いていた久介は、「口真似が上手だね。初めの屁の音と寸分違わぬ音だ」と、そっくりの音を出す技を誉めるのは、承知の上のことだ。真似ると異なった音になりやすいが、「プ、ブ、ブウ」などの音を口真似できるのも、屁の音を知っているからである。人は聞き分ける能力をもち、また人は復元する能力をも持ち得ている。

16 ※南都(なら)

上がたものにであふ(う)て、「おめへ(え)は、かみがたはどこに※ゐなさつた」ととへば、「アイわしは、おならでござります」「フウそれは奈良(なら)のことであらう。おの字をつけずともよからうに」といへば、「アイそれでもわしが※ゐどころをとはんす※さかいで」。

『聞上手三篇』（安永二年・一七七三・江戸）

※南都　奈良のこと。北都の京都に対して南都という。**ゐなさつた**　住んでおられた。**ゐどころ**　おいど。御居所の意。女の言葉で尻のこと。他に尻を「いしき」ともいう。住むところを掛ける。**さかいで**　～ので。～だから。「で」を伴って原因、理由を示す。上方語。

お奈良

上方者は大坂、京都を中心にした周辺の者をいう。ここでの上方者は江戸に来たての者である。上方弁、関西弁を話せば、上方のどこから来たのか知りたくなる。「おなら」とか「ゐどころ」といっても、これは女性の言葉である。「なら」に「お」をつけたのは上品に聞こえるとでも教わってきたか。そうはいっても、「ゐどころ」に「お」をつけない矛盾もみられる。「ゐどころ」が住所と思って、尻のことであるのを知らないのであろう。源内の『放屁論』上巻の跋文には、「漢にては放屁といひ、上方にては屁をこくといひ、関東にてひるといひ、女中は都（すべ）ておならといふ」とある。また、『和漢三才図会』には、「児女ハ於奈良ト謂フ」とあるのをみても、女性は「おなら」が屁であるのを知っているから、わざわざ「お」をつけて、奈良を「おなら」とはいわない。何でも女性が「お」をつけるといっているのは笑話の作者が男だからか、それともおかしなことをいうのが上方者と思ったからか。

17　すき屁※

友達四、五人咄居る中に、ひとりすかしけれは、「これはくさい、誰か、ひつたそうな」「これは嗅い、たまらぬ」と、みなふところへ顔をゐれる。ひつた男も、おなしくふところへ顔をさし入しが、「ムウ内より外がました」といふて、かほを出した。

『再成餅』（安永二年・一七七三・江戸）

※すき屁　屁好き。屁をすることが好きの意か。または、すかし屁のことか。すかしっぺ。

屁の臭いを嗅ぐ

　すかし屁は音をさせないで放屁する屁である。いわゆる「スー」と空気が抜けたような屁で、音のある屁よりも匂いがあって臭い。音のある屁は空気の爆発と同じだから臭くないとされる。着物の懐に充満している屁の臭いを、屁をした犯人が、「自分は屁をしていない」と懐へ顔を入れたが、その臭さにまいり、懐から顔を出して、「内より外がましだ」というのがおかしい。犯人は自分だといったのも同じである。この声が誰かに聞かれていたら、わかってしまう。音が出ない屁は問題だ。注意していないと屁の如き物で地位を失うことにもなる。平気ではいられない。くれぐれもご注意を。

18 ［念者］

又、さるわかしう、※ねんじやとねて、※ふびやうを※取はづひ(い)て出され、「※何とぞして、此※にほひを出さんとや思はれけん、※(ママ)翁殿は※三(王の誤読)わまつり御見物あつたか」と申されければ、「いや、まだ」と答へけり。「さらば、まねをして聞せ申さうほどに、かやうにはやされよ」とて、「三わまつり、※さはらばひやせ〳〵てんつく〳〵」と※いねながら、あしびやうしふんで、をしへられければ、「中々おもしろさ、たまりはいたさぬ」とかんじけり。わかしゆう(ママ)、「まぎらかしす※まひ(い)た」と思ひ、「弁殿、※何と〳〵」と云れけるを、「さとも(てカ)〳〵おもしろき事で御座ある。承及たるより、よきひやうしにて候。さりながらまねさへ、これ程くさひ（い）事ぢやほどに、※ほんのは中々あたりへもよられまひ（い）」と云た。

『戯言養気集（ぎげんようきしゅう）』上巻（元和年間・一六一五〜二三・上方）

※**ねんじや**　男色関係の兄貴分にあたる相手。**ふびやう**　風病。屁。もともとは風邪。**取はづひて**　粗相する。ここでは放屁する。**何とぞして**　なんとかして。**にほひを出さん**　臭さから脱出したい。**翁殿**　念者。後文では「弁殿」とある。**三わまつり**　山王祭り。日吉山王神社の祭り。「山王」を「三王」と書いたのを「三わ」と誤読した。**さはらばひやせ…**　囃し言葉。**いねながら**　横になりながら。または相手と交渉しながら。**すまひた**　済ました。済んだ。**何とく**　いかにいかに。**ほんのは**　本番の祭りでは。祭りの当日は。

臭いの消し方

若衆が念者と寝て屁をしてしまった。臭いを外に出すのに、思いついたのが山王祭りの囃子である。囃子は、「足拍子ふんで」と教えれば、臭いを紛らわすことができる。ここまではいいと思ったが、すでにばれていたのがおかしい。「このように臭さのともなう祭りの本番は、さらに臭くて近寄ることができない」といわれてしまう。男色関係は決めた相手を裏切らないという。その関係が崩れる原因は浮気だが、相手を大事にするのは人一倍であるともいう。相手を失わないためには、失態を犯さないことである。屁も失態の一つとなる。騒げば臭いをごまかせると思ったが、よほど臭かったのか、我慢できない念者は本音をいってしまった。知っていながらの返答も、相手を思うがゆえの言葉である。

19　へこりの事

さるわかき者、※心やすからぬつきあひ(い)にて、※取(とり)はづして、へをこかれしが、まぎらかさんとおもひ(い)、畳(たゝみ)を、「とん〳〵ばた〳〵」たゝく。※満座(まんざ)の者(もの)ども見て、「いまのは、※まざ〳〵へであつた」とおもひながら※打すぐる。その中に物をこらえぬ若(わか)き者有しが、畳をたゝくを見て、「これ〳〵たゝくまい〳〵、そのやうにたゝけば、※へ(へ)こりがたつ」と、※もつてまい(ゐ)つた。

『当世軽口咄揃にがわらひ』巻二（延宝七年・一六七九・上方）

※心やすからぬ　心許せる。　取はづして　粗相する。　満座の者ども　その場にいる者すべて

が。**まざく** 正々。確かなさま。ありありと目にみえるさま。**打すぐる** 知らん顔をする。

へこりがたつ ほこりが立つをもじる。**もつてまいつた** 応対した。

叩けばへこりが立つ

ここでは屁の音をごまかそうとするために、畳を「とんとん」「ばたばた」と叩く。仲間の多くは、明らかであっても知らん顔をしていた。しかし、その中の一人の若い者は、音を聞いてしまった以上、笑いをこらえきれなくなった。ごまかそうとしている男の仕種をみて、「叩いてはいけない。叩くとへこりが立つ」といった一言は、屁をした当人の心にグサリと刺さったであろう。「叩けばほこりが立つ（出る）」の諺は、いまは隠していても次第に弱点や欠点がみつかることをいう。「ほこり」と「へこり」の一字違いでも、すでに弱点をにぎられてしまったのは失態である。

Ⅵ　ふんどし・湯文字の巻

1　飛脚

狼(をゝ(おほ)かみ)、口をあき、道なか※にゐる。早(※)ひきやくきかゝり、口へ飛(とび)※こみ、それもしらず、腹(はら)の内を、「エイサツサ」※とはしり、しりからぬけて※、いそぎゆく。狼、「ふんどしをすればよかつた」。

『茶のこもち』（安永三年・一七七四・江戸）

※道なか　道の真ん中。**早ひきやく**　急ぎの飛脚。急を要する時に依頼する特別の飛脚。**口へ**　狼の口の中へ。**エイサツサ**　飛脚の掛け声。**しりからぬけて**　尻の穴から抜け出て。

ふんどしの効用

空想の笑話だが、実際にあったとみられるから面白い。早飛脚の早さはいうまでもない。時間の掛かるところでも、普通の半分ぐらいの日数で済む。考えられない早さが売り物だから、狼の体内を過ぎ去っていったといってもおかしくない。こんな失態に合わないためには、「ふんどしをすればよかつた」という悔しい言葉が、じつにうまい。狼は食べてやろうと、道の真ん中で待ち構えていたが、すごい速さで来る飛脚は、狼の存在など目に入らない。狼の口に入ったことも知らずに、ただ、「エイサツサ」と身体の中を走り抜けて行く。そして尻から抜け出る時間は、あっという間のことであった。なおも「エイサツサ」と走り去る声を聞いた狼は、飛脚を止めるのには、「ふんどしを締めていれば、逃がさなかったのに」といったのが面白い。

2　切会※

※中のてう(ちや)の茶屋にて、「古切(ふるぎれ)の会(くは(わ)い)有」と聞いて、二、三人云あわせ、古ぎれを持参(ぢさん)しけるに、「きのふ会有し」と聞、「残念(ざんねん)ながら、きのふの一番(ばん)は、どんなきれがなしました」と尋(たづね)けるに、「まづ※おらんだの帆(ほ)ぎれ、※綴(つゞれ)のにしきの類(るい)は、かずもしらず出ましたが、とんだものが出ました。※緋(ひ(ぢ))ちりめんの、ちと※いろのさめかゝつた五、六寸の切が一番に成ました」「それは※いかなるきれでござる」「今度の※松葉(まつば)やの※瀬川が※ふんどしの切レて(で)ござつた」。

『売言葉(うりことば)』（安永五年・一七七六・江戸）

※切会　切れの会。　**中のてう**　吉原仲の町。　**おらんだの帆ぎれ**　オランダ船の帆の切れ。　**綴のにしき**　舶来の絨毯。ゴブラン織。　**緋ちりめん**　緋色の縮緬。女性の長襦袢や腰巻に用いられ

る。いろのさめかゝつた　色が褪めかかった。色あせた。いかなる　どこの誰の。松葉や　吉原江戸町一丁目の妓楼。瀬川　遊女の名。ふんどし　湯文字。いもじ。下帯。

ふんどしの持ち主

切会は「きれのかい」と読むのだろう。切会は着物などの切れを見せて自慢しあう会である。また品物の交換会でもあった。むかしから趣味家たちの集まる会が開催され、品評会を兼ねた収集品を見せる会が多くあった。切れとなると種類も限られてくるのだろうが、珍しいものの切れともなれば喜ばれ、笑話のように順位をつけて品評しあった。切れの中でも色の褪めた緋縮緬ともなれば使用したものである。しかも評判の花魁瀬川のふんどしの切れともなると、だれもがほしがる。『新落はなし福の神』（安永七年・一七七八・江戸）の「きれ」も同話である。

3　何がなきれいずき

人にすくれ（ぐ）、きれいずきする人有。ある時、※自身番（じしんば（ば）ん）に出てゐけるが、ふところより、けぬきを取出し、ふくさにてよくぬぐひ、ひげをぬきけるか、本よりきれいずきにてはあり、見事なるけぬきを、そはなるもの見て、「もし、そのけぬき、あき候はゝ、御かしなされませい」といへは、「かしはかしませうが、むさき所をぬかしやるな」といふ。「心へました」といふて、あごの下をぬく時、かのもの、※むたいにけぬきをうばい取て、「さるによつて、はじめより、むさき所は無用といひしに、心へたといひながら、かやうにむさき所をぬき給ふ」といへは、かりたるものきもつぶし、「けぬきがかしともなくは、はじめより、いやといふたかよし。人のもちている物を、むたいに取といふ事が有ものか。あこの下か、何としてむさきものじや。※れき〱まします中にて、あまりに我ままなるしようじや」といへは、かのもの、「いや〱あごの下は、身うちになきむさき所。わきをぬかしやつたぶんには、かまはぬ」といふ。「して、あごがむさきとは、とうした事」といへは、「あさばん、ふんどしをはさむ所ではござらぬか」といふた。　※尤也。

『かの子はなし』中巻（元禄三年・一六九〇・江戸）

※自身番　江戸時代、江戸市中警戒のために各町内に設けた番所。地主ら自身が、後には家主たち

が交替で詰め、町内の出来事を処理した。**むたいに**　無体に。ないがしろに。強引に。**れきく**　歴々。こんなにきれいであるのに の意か。もともとは身分格式高い人、世に聞こえた身分高い人をいう。**尤也**　作者が述べる評語。

あごの下

笑話のふんどしは「越中ふんどし」であろう。三尺・割りふんどし・六尺といわれる。作者が「尤也」というのも、この方法を取って用を足すのが普通だったからである。いわれてみれば、「ご尤もなこと」となる。どのようにして、ふんどしを締めていたかが笑話でわかる。「朝晩」は朝と晩だけでなく一日の意でもある。諺に「ふんどしを顎へ挟んで締めた時分」がある。六尺のふんどしは長く、あごで押さえて締めるから、顎は「むさき所」となる。毛抜きで髭を抜く光景は、式亭三馬の『浮世床(うきよどこ)』の挿絵にもみられる。

4　やつこはおもはぬしやしん※

※本所ゐ(ゐ)かういん三十三年きのと※ふ(ぶ)らひゐかうあり。老若男女※そでをつらね、さんけいする

中に、いつ（づ）くよりかまい（ゐ）りけん、やつこ壱人、※しやうき、※はんくわいも※そこのけ、といふ（う）ほと（ど）の男、ものほしさ（ざ）ほ程のわきざしをさし、※らうにやくと打まじり、念仏申いたり。此やつこ、何とかしたりけん、※下帯（をひ（おび））のさか（が）りとけけるが、それをもしらて（で）、たゝ（だ）一かうに念仏申ける。人々おしあひける中に、六十はか（ば）りのばゝ、かの下おひ（び）のさがりを見付て、「さて〳〵※とう（た）と（ふ）や。※こなたに※ぜんのつなか（が）とけてある」とて取付けれは（ば）、二、三十人も取付。ねんぶつひやうしにて引けるにより、やつこ、ものもゑ（え）いわず。めをしろくして、念仏も打わすれ、「あゝ、※いたな〳〵」といひけり。

『かの子はなし』下巻（元禄三年・一六九〇・江戸）

※しやしん　捨身。供養のために自分の体を犠牲にすること。**本所ゑかういん**　本所回向院。現、墨田区両国二丁目にある。明暦三年の大火での死者を回向するために建立。**とふらひゑかう**　弔ひ回向。年忌供養のこと。**そでをつらね**　人が多く集まるたとえ。**しやうき**　鍾馗は唐の玄宗皇帝の夢に現れて、魔を祓い病を癒したという終南山の進士。**はんくわい**　樊噲。漢の高祖、劉邦に従い、鴻門の会で項羽により危地に立たされた劉邦を救った。**そこのけ**　そこ退け。それ

よりもまさる。比較にならない。**下帯**　ふんどし。**とけける**　ふんどしの下がりがほどける。**とうと**　尊しの「し」が略された。**こなたに**　こちらに。こんなところに。**ぜんのつな**　善の綱。阿弥陀の手に掛けた五色の綱。結縁を得るために参詣人が触る。または、引く。**いたなく**　痛な痛な。痛い痛い。

『かの子はなし』下巻（元禄3年）

善の綱

明暦三年（一六五七）正月十八日、本郷本妙寺から出火し、翌日にかけて江戸城本丸を含む、ほぼ江戸の六割を焼失した。焼死者十万人を出した江戸最大の火事が明暦の大火である。振り袖火事ともいう。作品の刊行された前年の元禄二年（一六八九）が三十三回忌に当たる。下帯のさがりを善の綱と勘違いして、奴のふんどしが強く引かれた。引かれるたびに、「痛い痛い」。この善の綱に触れると本堂の阿弥陀如来に直接に触れたことになる。

本堂の中の御本尊の手から本堂中央の参道に一本の木が立てられ、その木の先端まで縒られていない五色の布（赤・青・黄・白・黒の五色）が垂れ下がる。阿弥陀如来はあの世の仏様である。地獄ではない西方の極楽浄土に行きたいので、参詣人は祈念する。極楽浄土を善所（ぜんしょ）といった。この善所に導いてくれるのが善の綱である。阿弥陀様を生きているうちに祈れば来世利益を得る。つまり死後に極楽浄土に行けるのである。逆に生きているうちの現世利益は観音様を祈念する。

5　女郎買

※本多あたまに銀ぎせる、※八反（はったん（が））かけの羽織、※きん〳〵と出かけると、向ふ（う）から形（なり）のきたない親父が、「コレむすこ、アヽ今どきの女郎買は※野夫（やぼ）な身をする。こなたのなりを見さつせい。もふ※是ぎりでござるといふ身だ。誠（まこと）、女郎かひの※いたりといふ（う）は、まづこんなもの」。ぼろ袷（あわせ）をぐつと※肌をぬけば（げ）、錦と唐（と（た）う）さらさと※片身替りの襦袢（じゅばん）。「是はすごひ（い）」とあきれば、前をぐつとまくると、※古金襴（こきんらん）の犢鼻褌（ふんどし）。「成程、※きまつたもの」とのぞひ（い）て見れば

『畔の落穂』（安永六年・一七七七・江戸）

※本多あたまに銀ぎせる　このころに流行した髪の結い方と銀の煙管。**八反かけの羽織**　八丈島で織った絹の一種。帯織ともいう。**きんく**　洒落た身なりや心をもつことをいう。黄表紙『金々先生栄華夢』からの流行語。**野夫な身**　野暮な身なり。意気・粋ではない姿。**是ぎり**　これで終わり。これっきり。**のいたり**　退いたり。立ち去れ。**肌をぬけば**　肌を脱げば。上半身を脱いで肌をあらわす。**片身替りの襦袢**　半面ずつの縫い合い。**古金襴**　金糸を織り込んで紋様を表した豪華な織物。**きまつたもの**　大したものだ。**銀箔**　銀を薄く延ばした箔を貼ったもの。

気取っても年には

女郎を買いに行くには、どんな髪の結い方、着物の柄、持ち物、履物などがいいのかを知らなくてはならない。時代ごとの流行もあり、それに敏感でないと意気ではなく野暮となる。それを教えてくれるのが洒落本であった。洒落本は会話を基調とした小説である。これで女郎との会話の基本を学ぶ。男にとっては有り難いガイドブックであった。そのお手本通りに、息子は身なりをつくったが、「もう流行遅れだ」と父親にいわれる。洒落るのは外見ではなく中味だといわれ、見せてくれるものは派手なものばかりで、「さすがは遊びに金を掛けた親父だ」と感心する。よく見てみると大事な一物（睾丸）が見える。残念ながら輝いている金箔ではなく、すでに銀箔であった。銀箔は白毛まじりをいう。年齢を重ねた親父が、いくら気取っても一物に輝きがなければ役立たずである。もちろん若者の一物は金箔である。

6　ふんどし

ひちりめんのふんどしを買て、「さらば是をしめて、なんでも人に見せてやらふ」とおもひ、ひより下駄でかたしりまくり、御いわひ御縁日で、にぎやかな薬研堀のふどうさまへ、ぶらぶら行。道々見るほどのものが笑ふ。「ハテ笑ふはづはないが」と覗て見たれば、ふんどしは、しめなんだ。

『猫に小判』（天明五年・一七八五・江戸）

※ひより下駄　日和下駄。差歯の低い下駄。**かたしり**　片尻。尻の半分。かたっちり。**※薬研堀の**

ふどうさま　現、中央区東日本橋二丁目にある。元禄三年に六十六部が笈とともに置いていった不動を祀ったという。二十八日が縁日。

締め忘れ

見せたいのはいいが、肝心のふんどしを締めていなければ、すべてを見せていることになる。それを知った本人があわてるという展開をする。落語『蛙茶番（かわずちゃばん）』は、この笑話を踏まえている。自慢の緋縮緬のふんどしを締め忘れた半次が、舞台で蛙の出る場面になっても出てこない。蛙役の定吉に、「早く、出るんだ」というと、「出られません。あそこで青大将がねらっている」と落とす。青大将は蛇、ウワバミ、おろちをいうが、男の一物をいう言葉でもあった。

7　あたらしきふんどし

「そなたは、よきふんどしかいてゐるが、※はぶたへか」「いゝや」「かゞか」※「いゝや」「それにちかいものじ（ぢ）や」「それにちかいとはなんぞ」「はて、かゞにちかい、ゑ※つちうじ（ぢ）や」。

『軽口はなしとり』巻一（宝暦四年・一七五四・上方）

※かいてゐる　締めている。　はぶたへ　羽二重。羽二重絹。越前（現、福井県）が産地。かゞ　加賀。加賀絹。現、石川県。ゑつちう　越中。越中ふんどし。現、富山県。

何でもないふんどし

ふんどしの布地には、さまざまなものがみられる。見せないところにお金をつかうのを意気とする時代があった。そのために人とは異なることをすれば目立った。見えない裏に気をつかい、それが羽二重絹か加賀絹かと誉めているのに、ただのふんどしでは面白くない。越中ふんどしの名称の由来には諸説あるが、松平越中守定信（楽翁）の創案で、寛政改革（天明七〜寛政五年まで・一七八七〜九三）の節約によったといわれる。また、『守貞謾稿（もりさだまんこう）』には延宝期（一六七三〜八〇）に大坂新町の遊女越中が、風呂に入る馴染み客の衣服がなくなった時に、片袖を裁ちて客に与え、ふんどしをつくったといい、また緋縮緬の湯文字を与えたともいう。さらに越中に伝来する風俗であったなどの由来説がある。越中は六尺ふんどしを三尺に改良したもので、越中産の布地をつかったといわれている。

おわりに

ここ数年、主題別笑話を蒐集する時間をつくるために、多くの作品を読んできた。飲食にかかわる「飲食笑話」をまとめたデータを報告した（味の素食の文化センター研究助成・平成六年・一九九四）。また糞尿以外の「艶笑笑話」もまとめた（『江戸艶笑小咄集成』彩流社・平成十八年・二〇〇六）。落語家と落語作者が残した落語の原作とその類話をあげる「近世落語原作集」もまとめてある。これは近く刊行予定である。これらは多くの未紹介作品からの蒐集だが、それを主題別にするとその蒐集は難しい。増えるものは増えても、増えないものは一向に増えないのである。それは笑話が主題に沿ってつくられていないからである。蒐集したものには、他にも「四季・春夏秋冬」「芝居・芸能」「物見遊山・旅」「動物・鳥・魚」「花・野菜」などがある。これらをもとに「近世笑話大辞典」「近世笑話集成」などをつくりたいが、いまそれをつくる時代でないのが残念である。そのうちに未紹介の原本がなくなったら、もう活字で残すのは不可能となる。落語『高砂や』の原作となる『軽口あられ酒』（宝永二年・一七〇五）「正月うたひそ(ぞ)めの事」の落ちにいう「助け舟」といいたいところだが、いまは辞典をつくるような冒険をする出版社などないだろうから、これはとても難しい話である。

笑話本、小咄本は江戸時代の言語、風俗、絵などを知ることのできる作品群である。幸いにして夕霧軒文庫所蔵の数多くの未紹介の笑話本が残されている。このたびもその原本からの活字化と図版の提供を受けることができた。原本の閲覧と使用許可を夕霧軒文庫（元代表・宮尾幸子）から戴いたことに、心から深謝申し上げたい。

宮尾　與男

宮尾 與男（みやお よしお）
日本大学大学院文学研究科博士課程単位取得満期退学。文学修士。玉川学園女子短期大学教養科専任講師・玉川大学文学部、日本大学医学部・文理学部・理工学部・芸術学部、大東文化大学文学部、武蔵野女子短期大学部文科講師、日本近世文学会委員・日本人形玩具学会委員・民俗芸能学会理事・国立劇場公演専門委員を経て、現在、日本文学者。
専攻：近世文学史・文化史・芸能史・美術史、民俗学
著書：『江戸笑話集』（ほるぷ出版）、『元禄舌耕文芸の研究』（笠間書院）、『上方舌耕文芸史の研究』（勉誠出版）、『上方咄の会本集成』（和泉書院）、『元禄期笑話本集』（話藝研究會）、『江戸艶笑小咄集成』（彩流社）、『醒睡笑全訳注』（講談社）、『きのふはけふの物語全訳注』（講談社）、『道ゆく大神楽』（演劇出版社・小学館）、『図説江戸大道芸事典』（柏書房）、『対訳日本昔噺集（全3巻）』（彩流社）、『近世戯画集「狂齋百圖」を読む』（東京堂出版）ほか。

新典社新書 77

滑稽艶笑譚

江戸小咄を愉しむ

2018 年 7 月 24 日　初版発行

著者 ―――― 宮尾與男
発行者 ―――― 岡元学実
発行所 ―――― 株式会社 新典社
〒101-0051　東京都千代田区神田神保町1-44-11
編集部：03-3233-8052　営業部：03-3233-8051
ＦＡＸ：03-3233-8053　振　替：00170-0-26932
http://www.shintensha.co.jp/　E-Mail:info@shintensha.co.jp

印刷所 ―――― 惠友印刷 株式会社
製本所 ―――― 牧製本印刷 株式会社

ISBN 978-4-7879-6177-8 C0295

定価はカバーに表示してあります。
乱丁・落丁本は、お取り替えいたします。小社営業部宛に着払でお送りください。